LÜTT
OU LE SECRET
DE LA PLEINE LUNE

Titre original :
*Lütt Luftballon
und die große Mitternachtsbeschwörung*

Loi n° 49-956 du 16 juillet 1949 sur les publications destinées à la jeunesse : avril 1996.

ISBN 2-266-07207-2

Klaus KORDON

Lütt
ou le secret
de la pleine lune

Traduit de l'allemand par
Anne Manago

Illustrations de
Philip Hopman

CHAPITRE PREMIER

LÜTT LE NAIN

Lütt Lütjen ne s'appelle pas vraiment Lütt. Son vrai nom est Henning Lütjen. Et ce n'est pas un hasard s'il est né à Lütjenholm : c'est son arrière-arrière-arrière-grand-père, le célèbre Ole Lütjen, qui a fondé le village. Pour Lütt, la notoriété de son ancêtre fut pendant longtemps son unique motif de fierté.

Lütjenholm se situe en Allemagne, à quelques kilomètres à peine de la mer du Nord. Dans le patois de cette région « lütt » signifie petit. Ce mot avait échappé à la grand-mère de Lütt lorsqu'elle l'avait vu pour la première fois à la maternité. Le nouveau-né était si petit qu'il aurait pu tenir dans un dé à coudre, dit-elle encore aujourd'hui. Elle raconte aussi à qui veut l'entendre qu'elle promena son petit-fils dans un landau de poupée.

Elle exagère sans doute un peu, la grand-mère, mais une chose est sûre : Lütt est bien le plus petit de tous les enfants de Lütjenholm.

Un jour — Lütt était déjà en première année [1] — il partit en excursion avec sa classe au zoo de Hambourg. Mme Klaas, la maîtresse, avait très peur de le perdre de vue. Elle eut l'idée de lui passer une ficelle autour du poignet avec un ballon rouge au bout. Lütt avait honte de cette chose rouge qui planait au-dessus de sa tête. Mais Mme Klaas l'obligea à garder le ballon. Après tout, elle risquait de gros ennuis s'il se perdait !

L'année suivante la maîtresse mit en

---

1. C'est-à-dire au CP, dans le système scolaire français.

scène un conte de fées. C'était pour la fête de fin d'année. Qui joua le rôle du nain affublé d'un bonnet pointu, frappant du pied sur les planches, mais n'ouvrant pas la bouche de toute la pièce ? Lütt, bien sûr ! Et pour couronner le tout, la plupart des élèves l'appelèrent Lütt le nain à la suite de ce spectacle.

Aujourd'hui, Lütt a neuf ans. Il est en troisième année[1], mais il est toujours le nain — le nabot. Les autres enfants — quand ils ne sont pas trop méchants — l'appellent « moucheron » ou « moustique ». Juste pour le plaisir de l'embêter. Comme s'il avait besoin qu'on lui rappelle constamment sa petite taille ! D'autres lui lancent en passant : « Attention que la poule ne t'avale par mégarde », ou encore : « Attention qu'un coup de vent ne t'emporte. »

Pour Lütt rien n'est pire que ces moqueries. Avec le temps il s'est habitué à son surnom de Lütt le nain, mais il ne supporte pas l'ironie. Ça le rend fou de rage. Ou de tristesse. Suivant son humeur.

---

1. C'est-à-dire au CE2.

Après tout ça ne l'amuse pas, lui, d'être petit. Il a déjà essayé des tas de trucs pour grandir, entre autres des exercices d'étirement spectaculaires. Comme il ne pouvait pas les exécuter tout seul, il demandait à son meilleur ami, Johnny Binckerbanck, de l'aider. Il fallait d'abord l'attacher aux quatre pieds du lit par les pieds et les mains en tirant sur les cordes au maximum. Lütt se faisait l'effet d'un vieux pantin. Johnny surveillait sa montre et, toutes les cinq minutes, il resserrait les cordes pour gagner le plus de longueur possible.

Chaque jour ils prolongeaient la séance d'étirement de dix minutes. Juste après, Lütt s'adossait au cadre de la porte et Johnny traçait un trait au-dessus de sa tête. Hélas, au bout de cinq jours, le trait n'avait pas bougé d'un poil. Les séances de torture n'avaient servi qu'à lui donner d'atroces douleurs aux chevilles et aux poignets.

Une autre fois, Lütt emprunta les poids dont son père se servait pour peser les sacs de grain. Il se les enchaîna aux pieds avant de se suspendre à la penderie. Il garda cette position jusqu'à la limite du supportable, mais une fois de plus cet exploit n'apporta pas le résultat escompté.

✕ Il essaya aussi la natation, l'haltérophilie puis, en désespoir de cause, pria le bon Dieu d'accomplir un miracle. En vain ! Sa grand-mère lui recommanda alors un régime à base de carotte, de chou, de concombre et de céleri. Lütt en consomma par kilos. Un véritable gavage ! Mais rien n'y fit. Pourtant on disait au village que la vieille mère Lütjen avait de curieux pouvoirs de guérison. ✕

Pourquoi Lütt se donne-t-il tant de mal pour grandir ? Pour être enfin pris au sérieux. Lütt le nain, tout le monde le regarde de haut. Parce que quelqu'un d'aussi petit que lui ne peut pas dire des choses sensées ; il a forcément une intelligence réduite.

Si seulement sa famille pouvait le comprendre ! Hélas, son père, Alfred Lütjen, marchand de fourrages de son état, est un vrai géant. Il soulève de lourds sacs de son ou d'avoine comme des sacs de plumes. Quant aux frères aînés de Lütt, ils sont encore plus grands que leur père. Dieter, mécanicien automobile, mesure un mètre quatre-vingt-onze et Gert, sur le point de terminer ses études secondaires, atteint déjà un mètre quatre-vingt-sept.

Il est vrai que Mme Lütjen n'est pas du même gabarit que son mari et ses aînés. Cependant la photo de classe en noir et blanc qui trône sur le buffet du salon atteste qu'elle était nettement plus grande que Lütt au même âge. Enfin si Marita, la sœur de Lütt — qui est déjà mère de famille — est plus petite que ses frères Dieter et Gert, elle est en revanche deux fois plus grosse.

Il faut se rendre à l'évidence, il n'y a en apparence rien de commun entre le dernier rejeton de la famille Lütjen et ses aînés. Lütt devrait sans doute se faire une raison, mais il ne peut se résigner à être regardé de haut. C'est ainsi que, par une belle nuit de printemps, il va faire une ultime tentative pour grandir, en compagnie de son ami Johnny Binckerbanck.

CHAPITRE II

QUI NE TENTE RIEN N'A RIEN

L'après-midi précédant cette nuit mémorable fut chaud et ensoleillé. Lütt se prélassait dans l'herbe, au bord de l'Au — la petite rivière qui traverse Lütjenholm —, au côté de sa chienne terre-neuve.

Ses parents lui avaient offert la chienne le jour de sa rentrée à la grande école, sans doute pour lui donner du courage. Mais au début Lütt s'était senti encore plus menu à côté de l'énorme bête.

Cependant il s'y était très vite attaché et l'avait baptisée Suzie. D'une fidélité à toute épreuve et d'une extrême patience, elle ne faisait jamais de mal à personne. Suzie obéissait au doigt et à l'œil à son jeune maître sans tenir compte de sa taille.

Cet après-midi-là, Lütt ne semblait pas prêter attention ni au bourdonnement des abeilles, ni au grésillement des grillons, ni même au vol gracieux des papillons. Une coccinelle grimpait le long de sa jambe nue. Elle le chatouillait, mais il la laissait faire. À part le murmure de l'eau et les bruits des insectes, tout était calme. Il ne se passait rien.

Lütt rêvassait. Si seulement il était aussi costaud que ses frères, il pourrait partir un jour à l'étranger. En Australie, en Amérique du Sud ou au Canada. La vie devait être plus palpitante là-bas. Mais dans ces contrées lointaines il y avait toutes les chances pour qu'on n'accepte pas les petits comme lui.

Il fut tiré de sa rêverie par Suzie. Elle s'était redressée d'un seul coup, alertée par un bruit de moteur. C'était Rudolf Hartmann qui passait par là sur son cyclomoteur. Beau garçon, Rudolf était aussi le meilleur espoir du club de football de Lütjenholm. Il n'avait que seize ans, mais la plupart des filles lui couraient après. Il avait sans doute rendez-vous avec l'une d'entre elles. Pourtant il s'arrêta en voyant Lütt.

— Bonjour, Lütt ! lança Rudolf en coupant le moteur.

N'étant pas exactement dans un « bon jour », Lütt ne se donna pas la peine de répondre. Suzie se contenta d'un grognement. Non pas à cause de Rudolf qu'elle connaissait depuis longtemps, mais à cause de la mobylette. La chienne détestait tout ce qui faisait du bruit et sentait mauvais.

— Quelque chose ne va pas ? s'enquit Rudolf.

Ce dernier savait très bien ce qui préoccupait Lütt. Après avoir couché son cyclomoteur dans l'herbe, il rejoignit le petit garçon et sa chienne au bord de l'eau.

— Fiche-moi la paix, bougonna Lütt en lui tournant le dos.

« Quelle déveine ! » songea Rudolf. Pour une fois qu'il essayait d'être gentil avec le nain.

Le jeune homme décida d'engager la conversation comme si de rien n'était. Il parla d'abord du match de foot qui avait opposé l'équipe des juniors de Lütjenholm à celle de Mönkebull. Une rencontre très disputée. Puis il se plaignit de sa mobylette :

le pot d'échappement était cassé. Peut-être le grand frère de Lütt pourrait-il y jeter un coup d'œil ? Entre amis, on peut bien se rendre service.

Ça c'était Rudolf tout craché : se faire servir sans débourser un rond. Lütt lui tournait toujours le dos.

— Si tu en parles à ton frangin, je te donnerai un bon tuyau, dit Rudolf de sa voix la plus suave.

— Quel genre de tuyau ?

— T'as envie de rester petit toute ta vie ?

Quelle question idiote !

— J'imagine que ça ne doit pas être drôle tous les jours d'être regardé de haut par tout le monde, poursuivit Rudolf tout en mâchant un brin d'herbe.

À ce moment-là Lütt aurait mieux fait de se lever et de s'en aller. Cette conversation ne faisait que retourner le couteau dans la plaie. Pourtant il ne broncha pas. Rudolf n'avait-il pas parlé d'un bon tuyau ? Prudemment Lütt se tourna vers le jeune homme.

— C'est quoi ce tuyau ?

— Tu diras un mot à ton frère pour le pot d'échappement ? demanda Rudolf avec un sourire de satisfaction.

— On verra.

Rudolf prit une expression grave. Il commença à parler de son grand-père. Tout jeune, ce dernier avait été complexé par d'horribles boutons qui lui défiguraient le visage. On aurait dit un cake aux raisins. Il en avait bavé pendant des années. Mais un beau jour un vieux loup de mer lui avait dévoilé un truc secret pour s'en débarrasser. Le grand-père avait fait ce que le marin lui avait recommandé et dès le lendemain tous les boutons avaient disparu. Cette méthode ne marchait pas que pour les boutons, mais aussi pour n'importe quel problème.

— Et c'est quoi ce truc ?

Lütt avait bien du mal à cacher sa curiosité. Pour gagner quelques centimètres il était prêt à tout.

Rudolf inspecta les alentours pour s'assurer que personne ne les espionnait. Puis il se pencha et chuchota à l'oreille du petit garçon le secret qui avait changé la vie de son grand-père.

Lütt retenait sa respiration. Il réfléchissait. Jamais il n'avait entendu une chose aussi ridicule. Rudolf n'était-il pas en train de se payer sa tête ?

Mais l'expression de Rudolf était toujours aussi solennelle.

— Ça peut paraître incroyable, déclarat-il, mais c'est mon grand-père lui-même qui me l'a confié. Tu es le premier à qui je le dis, parce que je t'aime bien.

— C'est bien vrai ? dit Lütt.

— Qui ne tente rien n'a rien ! reprit Rudolf. Tu as tout à gagner. Il te suffit de trouver un ami du même âge que toi, mais plus grand. S'il est d'accord pour t'aider, ça marchera !

Un ami du même âge et beaucoup plus grand, rien de plus facile ! Il pouvait toujours compter sur Johnny Binckerbanck, surtout si c'était sa dernière chance de grandir. Son ami ne lui avait jamais rien refusé.

— J'espère que tu parleras à ton frère, insista Rudolf. Car ce qu'on obtient par un mensonge, on le perd tôt ou tard.

— Promis, juré, je lui en parle ! s'écria Lütt en se levant d'un bond.

Lütt regagna le village à grandes enjambées. Suzie trottait à côté de lui, un peu déconcertée par le brusque changement d'humeur de son maître et par son allure anormalement rapide.

CHAPITRE III

LES COQS ET LA MÉCANIQUE

Après avoir laissé Suzie à la maison, Lütt se rendit au « Paradis de la Chope ».

Situé entre l'église et la poste, l'unique café du village était tenu par les parents de Johnny. Par beau temps, quelques tables étaient disposées dehors. Souvent Johnny était chargé de les débarrasser. Il lui arrivait même de servir les clients.

Ce jour-là, Lütt trouva Johnny derrière le comptoir en train de laver les verres. Son ami ne se plaignait jamais des corvées ménagères. Pour dire la vérité, il préférait cela aux devoirs et aux leçons. Car rien ne l'empêchait de réfléchir en faisant la vaisselle. Et réfléchir était son passe-temps favori. Des dizaines d'idées germaient dans son cerveau constamment en ébullition. Hélas Johnny n'en était pas devenu plus intelligent pour autant. Quand il obtenait juste la moyenne à l'école, il sautait de joie.

Un petit sifflement familier lui fit lever la tête. Par la porte ouverte il aperçut Lütt qui l'appelait d'un geste de la main.

Johnny comprit tout de suite que Lütt avait quelque chose d'important à lui dire. Il lui fit signe de patienter et s'essuya les mains. Puis il jeta un coup d'œil vers la table des habitués où son père tenait compagnie au voisin, Hans Asmussen.

— Je préfère rester à l'intérieur, répétait Hans. Dès que je mets le nez dehors, ma pipe s'éteint.

Tandis que son père hochait la tête en souriant, Johnny tendit la main vers les boîtes de bonbons alignées sur le comptoir. Il chipa deux paquets de chewing-gums et se glissa dehors sans attirer l'attention. Johnny entraîna son ami derrière le café et l'invita à s'asseoir sur un tas de planches que son père avait achetées pour construire un hangar à vélos. Tout en mâchant son chewing-gum, Lütt raconta à son meilleur ami le secret que Rudolf lui avait confié.

Johnny aurait bien voulu que son ami grandisse plus vite. Pas parce qu'il le trouvait trop petit, non, mais parce que Lütt en avait très envie. D'ailleurs la taille des gens ne comptait pas pour Johnny. L'essentiel, c'était qu'ils ne se moquent pas de ses réflexions abracadabrantes. Et cela Lütt ne l'avait jamais fait. Au contraire, il l'écoutait toujours avec intérêt.

Un jour Johnny s'était demandé pourquoi on n'avait pas encore inventé d'aimant pour attirer le bois ? Avec des aimants à bois, la tâche des bûcherons serait beaucoup moins pénible, avait-il expliqué. Plus besoin de chaînes, ni de machines compliquées pour charger les troncs. L'aimant à bois ferait tout le travail.

Des idées comme celles-là, Johnny en avait à revendre. À chaque instant, il se posait des questions que jamais personne ne s'était posées avant lui. Pourtant l'histoire que Lütt venait de lui raconter lui parut très extravagante... même à lui.

— Tu es sûr que ce truc marche vraiment ? demanda-t-il avec méfiance.

— Ça ne marche que si on le fait par une nuit de pleine lune, à minuit pile, répondit Lütt avec autant de sérieux que Rudolf une heure avant.

Devant la perplexité de son ami, Lütt sentit sa confiance vaciller, mais il voulait à tout prix tenter l'expérience. Et pour que ça marche, il devait y croire de toutes ses forces, sinon ce n'était pas la peine.

— Ce soir, c'est justement la pleine lune, déclara Johnny étonné de la coïncidence. Je le sais à cause de ma mère. Elle a rouspété toute la journée là-dessus en disant qu'elle dort mal les nuits de pleine lune.

— Tu vois que la pleine lune est magique ! s'exclama Lütt. Tu veux bien m'aider, alors ?

Mais Johnny hésitait encore.

— C'est indispensable de faire ça sur le toit de la grange des Michelsen ? Pourquoi pas dans un pré ?

— C'est le bâtiment le plus élevé des parages, il faut se rapprocher de la lune au maximum.

L'argument était d'une logique imparable.

— Alors si c'est d'accord, tope là ! fit Lütt en avançant la main.

Johnny laissa échapper un soupir. Il avait beau être costaud, le sport n'était pas son point fort, surtout lorsqu'il était question d'escalade. Mais il finissait toujours par céder à Lütt. Cette fois ne fit pas exception. Il tapa donc dans la main de son ami en écoutant ses dernières recommandations.

— Il faut que tu boives toute la soirée. Plus tu bois, mieux c'est. Sinon tu risques de ne pas y arriver après.

— D'accord, c'est promis, répéta Johnny avant de s'en retourner au café familial.

Son absence n'était sans doute pas passée inaperçue. Son père ne le grondait jamais, mais à chaque fois qu'il le surprenait « à se la couler douce », il lui lançait un regard affligé qui lui faisait plus honte qu'un chapelet d'insultes.

En rentrant chez lui, Lütt imagina Johnny en train de dévaliser le bar de ses parents. Il était tout heureux à l'idée de tenter quelque chose de nouveau. Après tout le truc de Rudolf n'était peut-être pas si saugrenu !

Il fit irruption dans la cuisine, où sa grand-mère et sa sœur étaient en train de papoter en buvant leur café. Marita avait emmené sa fille, la petite Mélanie qui ouvrit les bras en voyant arriver son oncle préféré. Lütt la souleva et frotta son nez sur les minuscules quenottes de la fillette, un jeu qui ne manquait jamais de déclencher des gloussements de plaisir chez Mélanie.

— Dieter n'est pas encore rentré ? demanda-t-il à sa grand-mère.

Bavarder avec sa petite-fille Marita était l'occupation favorite de la vieille femme, c'est pourquoi elle se contenta d'une brève réponse.

— Il est encore avec ses coqs, grommela-t-elle en haussant les épaules.

Puis elle reprit le récit de l'enterrement de Gertrude Schmitt, sa meilleure amie d'autrefois. Ce jour-là, elle avait pleuré toutes les larmes de son corps en entendant le sermon du brave curé.

Lütt reposa la petite fille sur le plancher, puis disparut en direction du poulailler. La mécanique et l'élevage des coqs étaient les deux grandes passions de Dieter. Les animaux à plumes les plus divers — dont certaines espèces rares — vivaient pêle-mêle dans une grande cabane en bois. Dieter faisait des expériences de reproduction dont les résultats lui avaient déjà valu trois prix. Il en était très fier. « S'il continue à vivre enfermé dans son poulailler, il ne trouvera jamais de femme », répétait sa grand-mère.

— Salut ! lança Lütt en entrant dans le poulailler où Dieter se tenait perpétuellement courbé à cause de sa grande taille.

Lütt aborda sans tarder mais avec pru-

dence le problème du pot d'échappement de Rudolf.

Dieter promit d'examiner le pot d'échappement plus tard, puis il se mit à parler de son élevage. Deux de ses plus beaux coqs lui donnaient du souci. Ils étaient si fatigués. Peut-être qu'un changement de graines les remettrait sur pied.

Lütt aimait beaucoup son grand frère. Il s'amusait toujours à lui ôter les plumes de ses cheveux en bataille. Mais cet après-midi-là, il avait tant de choses en tête qu'il ne prêta guère attention aux ennuis de son frère. Dieter était d'accord pour le pot d'échappement, il pourrait donc tenir sa promesse envers Rudolf. C'était l'essentiel.

CHAPITRE IV

FRÈRES DE SANG

Allongé dans son lit, Lütt saisit une fois de plus la grande bouteille de limonade qu'il avait posée sur sa table de nuit. Il en avala une bonne rasade. Pour que tout marche comme prévu, il devait boire le plus possible lui aussi.

Depuis un moment déjà un besoin pressant le tenaillait. Mais il se retint d'aller aux toilettes. Les jambes repliées il resta couché tout en réfléchissant. Il devait à tout prix éviter de s'endormir afin de profiter de la pleine lune de ce soir. Elle ne reviendrait pas avant quatre semaines. Il serait dommage de perdre tout ce temps.

Lütt partageait la chambre de Gert. Lorsque ce dernier vint se coucher, il était juste dix heures moins cinq. Encore deux heures à attendre ! Il n'arriverait jamais à tenir sans être obligé d'aller aux toilettes.

Gert se déshabilla et disparut un instant dans la salle de bains. Puis il se mit au lit sans dire un mot. Il voulait être frais et dispos le lendemain matin pour passer son permis de conduire. Dieter avait promis de lui céder sa vieille coccinelle s'il obtenait son permis.

Gert avait sans doute remarqué que son petit frère ne dormait pas, mais il n'avait rien dit. Heureusement car Lütt aurait été incapable de soutenir une conversation sans se mouiller.

À mesure que le temps passait, l'attente devenait de plus en plus pénible. Lütt consultait son réveil toutes les trente secondes.

À dix heures et demie il entendit Dieter gravir l'escalier en bois qui menait à sa chambre. Un peu plus tard ce fut la grand-mère qui alla se coucher, puis vers onze heures vint le tour des parents. Comme à l'accoutumée, ils discutèrent des fourrages qui se vendaient mal cette année-là, de tout ce qui leur restait en stock et énumérèrent les fermiers qui n'avaient pas encore réglé leurs dettes. C'étaient toujours les mêmes soucis !

Au bout d'un moment le calme régna dans la maison. Tous dormaient. Sauf Lütt. À présent, il ne risquait plus du tout de s'endormir. La tension le maintenait éveillé. De grosses gouttes perlaient sur son front. Mais il était encore trop tôt pour se lever. S'il quittait sa chambre avant l'heure, il se retrouverait tout seul dehors au milieu de la nuit.

Enfin le réveil indiqua onze heures et demie. Sans faire de bruit, Lütt s'habilla. Il serrait les dents pour arriver à contenir sa vessie. Les larmes jaillirent lorsqu'il descendit l'échelle qui menait à la cuisine. Là il ouvrit doucement la fenêtre, grimpa sur le rebord et sauta dans la pénombre du jardin.

Puis il s'élança en direction de la grange. Il courait aussi vite que possible car il avait l'impression que plus vite il courait, moins il sentait sa vessie.

Lütt et Johnny s'étaient donné rendez-vous juste devant la vieille grange des Michelsen. C'était la plus imposante des parages. Ses contours se détachaient très net dans le ciel sans nuage, éclairé seulement par une lune grandiose. Johnny était arrivé en avance comme à son habitude.

— Dépêche-toi ! bougonna-t-il. Ma vessie va éclater. Je n'en peux plus.

— Y a pas que toi, dit Lütt essoufflé. Mais il faut attendre minuit pile. Sinon on va tout faire rater.

Johnny se dandinait d'un pied sur l'autre et respirait bruyamment.

Lütt scruta la pénombre dans l'espoir de trouver une échelle. Justement il y en avait une, appuyée contre le mur de la grange. Ils n'avaient plus qu'à grimper.

Lütt monta le premier. À chaque échelon il jetait un coup d'œil vers la maison des Michelsen. Il faisait noir derrière les fenêtres. Toute la famille devait dormir à poings fermés : le grand-père, les parents et même Lydia, qui était dans la même classe qu'eux. Lütt songea un instant à Lydia. Une gentille fille avec des cheveux d'un blond presque blanc. Évidemment elle était grande… Surtout pour lui !

Tout à coup l'échelle vacilla. Lütt faillit perdre pied.

— Fais gaffe, chuchota-t-il.

— Je ne l'ai pas fait exprès, répliqua Johnny. J'ai tellement envie que j'ai les jambes qui flageolent.

Cette remarque rappela à Lütt l'état critique dans lequel lui-même se trouvait. Il se dépêcha de gravir les derniers échelons. Johnny mit longtemps à le rejoindre.

Là-haut, la lune leur parut vraiment plus proche. Elle semblait les observer. Lütt la contemplait. Un frisson lui parcourut la nuque. Jusque-là il n'avait pas tout à fait cru à l'histoire de Rudolf. Mais le spectacle prodigieux de l'astre de la nuit entouré de milliers d'étoiles scintillantes lui donna un sentiment de puissance incroyable. Tout pouvait arriver par une nuit aussi belle.

— Quelle heure est-il ? demanda Lütt.

— Moins dix, répondit Johnny.

Encore dix minutes à attendre ! Jamais il ne tiendrait ! Et Johnny non plus. Son ami pressait les jambes l'une contre l'autre. Lütt serra les poings, s'assit sur le vieux toit rongé par le temps et s'efforça de penser à autre chose... Au permis de conduire de Gert... Aux coqs de Dieter... Au pot d'échappement de Rudolf que Dieter avait déjà réparé. Si la magie n'opérait pas, ça ne serait pas faute d'avoir tenu sa promesse...

— Et maintenant, il est quelle heure ?

Une fois de plus Johnny consulta sa montre.

— Plus que huit minutes.

Seulement deux minutes de passées ! Des crampes insupportables lui déchiraient le ventre. Il se releva pour faire les cent pas sur le toit de la grange.

— Et maintenant ?

— Plus que sept minutes.

Puis il n'y tint plus. Impossible de se retenir plus longtemps. Lütt s'apprêtait à baisser la fermeture Éclair de son pantalon quand soudain l'une des fenêtres s'éclaira dans la maison des Michelsen.

Plus question de faire pipi ! Peut-être que quelqu'un les observait derrière la fenêtre éclairée.

Lorsque la lumière s'éteignit un peu plus tard, il était minuit moins quatre.

— Allons-y ! chuchota Lütt en baissant sa fermeture Éclair.

Johnny suivit l'exemple et se posta juste à côté de son ami.

— Je peux ? demanda-t-il crispé.

— Oui, répondit Lütt.

— Ouf ! souffla Johnny.

Mais rien ne vint. Pas une seule goutte, ni chez Johnny ni chez Lütt.

— Vas-y, quoi ! souffla Lütt irrité.

Peut-être que si Johnny y arrivait, il y parviendrait lui aussi. Johnny essaya de toutes ses forces. Il crut exploser, mais rien ne se passa.

— C'est parce que j'ai été obligé de me retenir pendant des heures, balbutia-t-il contrit.

— Moi aussi, dit Lütt d'une voix chevrotante.

Les larmes lui montaient aux yeux. Minuit allait bientôt sonner au clocher. Soudain, un petit filet apparut du côté de Johnny. Très mince au début, le filet se transforma peu à peu en un jet continu. Bientôt Lütt sentit sa vessie se détendre à son tour et le liquide commencer à couler.

— Vite ! Il faut que les jets se rejoignent.

L'opération fut délicate, mais lorsque enfin les jets se rejoignirent, éclairés par la lune, Lütt s'empressa de dire à voix basse mais distincte la formule recommandée par Rudolf.

— Je veux grandir. Je veux devenir aussi grand que Johnny Binckerbanck.

Pour une raison mystérieuse, Johnny eut une soudaine envie de rire. Le jet se mit à dévier et Lütt eut toutes les peines du monde à réajuster le sien.

— Tiens-toi donc tranquille, siffla-t-il. Je dois répéter la formule trois fois.

Lorsque les jets furent réajustés, Lütt prononça la formule deux fois sans reprendre son souffle.

— Je veux grandir ! Je veux devenir aussi grand que Johnny Binckerbanck.

Juste à ce moment-là les jets diminuèrent d'intensité, puis se tarirent. Tous deux poussèrent un soupir de soulagement. Ils avaient réussi.

— Tu crois que nous sommes des frères de sang, maintenant ? s'enquit Johnny ému.

— Sans doute, fit Lütt.

Certes ils n'avaient pas mêlé leur sang...

juste leur pipi. C'était peut-être valable après tout ?

Ils n'eurent pas le temps d'approfondir la question... Une fenêtre venait de s'ouvrir chez les Michelsen. Puis la voix de Lydia retentit dans la nuit.

— Lütt le nain ! Johnny Binckerbanck ! J'ai tout vu. Nanana !

Puis la fenêtre se referma d'un coup sec.

Les deux garçons restèrent un long moment figés, comme s'ils avaient été frappés par la foudre. Lorsqu'ils émergèrent enfin de leur torpeur, ils se hâtèrent vers l'échelle. Les cris de Lydia avaient dû réveiller toute la famille. Mieux valait déguerpir avant que tout ce petit monde n'arrive sur les lieux.

Lütt fut de nouveau le premier sur l'échelle. Mais cette fois, Johnny le talonnait. Il lui frôlait la tête à chaque pas, l'obligeant à descendre de plus en plus vite. Lütt se pressa tant qu'il finit par manquer un barreau. Il se sentit partir dans le vide et laissa échapper un cri de terreur.

CHAPITRE V

L'APPAREIL À EXTENSION

Lorsqu'il se réveilla le lendemain matin, Lütt pensa tout d'abord qu'il venait de faire un horrible cauchemar. Puis il regarda autour de lui : dans un grand lit blanc semblable au sien, un jeune garçon qu'il n'avait jamais vu était en train de lire. Lütt comprit alors qu'il était réellement tombé de l'échelle et qu'il s'était cassé une jambe.

C'était le père de Lydia qui l'avait emmené à l'hôpital de Husum et avait prévenu ses parents en pleine nuit. Au début, ceux-ci n'avaient pas voulu croire M. Michelsen. Il devait faire erreur : leur fils dormait sagement dans son lit. Mais devant le lit vide, ils avaient bien été obligés de voir la vérité en face. Ils étaient donc partis sur-le-champ pour Husum. Une fois rassurés sur l'état de leur fils, ils lui avaient passé un vrai savon. Heureusement leur colère s'était très vite dissipée. Ils s'étaient mis à le cajoler et lui avaient dit qu'il n'en avait que pour quelques semaines à l'hôpital.

En se rappelant les paroles de ses parents, Lütt eut envie de pleurer. Quelques semaines ! Avec cet horrible appareil au bout de la jambe ? Il n'était même pas sûr que cela ait servi à quelque chose. Ou est-ce que par hasard il avait gagné quelques centimètres sans s'en rendre compte ? Il redressa prudemment la tête et regarda le bout du lit.

— Je m'appelle Andreas, dit une voix timide provenant du lit voisin.

Lütt se laissa retomber sur les oreillers.

— Moi, c'est Lütt.

— Lütt ? C'est original. Qu'est-ce qui t'est arrivé, Lütt ?

— Je suis tombé d'une échelle.

Andreas hocha la tête en soupirant.

— Moi, j'ai fait une chute de vélo.

Lütt tourna un peu la tête et constata que la jambe de son camarade était suspendue par le même appareillage que lui.

— Quand je suis tombé de mon vélo, je
n'ai eu qu'un petit bobo, fit remarquer Lütt.

Andreas expliqua qu'il était de Hambourg et que ses parents l'emmenaient
presque tous les week-ends au bord de la mer
afin de prendre un bon bol d'air.

— Je n'ai pas eu de chance, poursuivit-
il. Dimanche dernier, mon père et moi nous
avons fait la course. J'étais en tête sur mon
vélo et, en passant la ligne d'arrivée, je me

43

suis retourné vers mon père. Du coup je n'ai pas vu la grosse pierre sur le chemin.

Un garçon qui battait son père à la course... ?

— Quel âge as-tu ? s'enquit Lütt intrigué.

— Onze ans. Et toi ?

— Neuf ans. Tu mesures combien ?

La question prit Andreas au dépourvu. Il ignorait sa taille exacte.

— Un mètre cinquante, je crois, répondit-il.

Encore un grand ! songea Lütt en soupirant. Il se rappela soudain qu'il n'avait pas encore pu vérifier sa taille. Sait-on jamais... la pleine lune avait peut-être agi sur lui. Impossible de se mesurer pour l'instant, mais il demanderait à quelqu'un de lui apporter un mètre pliant. Pourquoi pas Johnny ? Il serait sûrement un des premiers à lui rendre visite. Il devait être rongé par le remords. Et il y avait de quoi ! Si Johnny ne lui avait pas fait perdre l'équilibre, il ne serait pas sur un lit d'hôpital à l'heure qu'il est. Pour se racheter, Johnny lui procurerait un mètre pliant sans faire d'histoire, même s'il devait vider sa tirelire pour l'acheter.

Lütt avait vu juste. À l'heure des visites, ses parents arrivèrent bientôt, suivis de Johnny qui hésita quelques secondes avant de franchir la porte de la chambre.

Au cours de sa tournée, le médecin lui avait remis la radio de sa jambe. Lütt avait été très impressionné par la netteté de la fracture. Tout fier, Lütt la montra à ses parents en répétant les explications du médecin. De temps en temps il jetait un regard lourd en direction de Johnny qui se tenait en retrait, les yeux baissés. Lorsque sa mère lui demanda si sa jambe lui faisait toujours aussi mal, Lütt hocha la tête bravement sans lâcher Johnny des yeux. Ce dernier pâlissait à vue d'œil. Rien n'était pire pour lui que de voir souffrir quelqu'un par sa faute.

Puis vint la question que Lütt redoutait tant. Ses parents étaient curieux de savoir ce que Johnny et lui fabriquaient sur le toit de la grange des Michelsen en pleine nuit ?

Une fois de plus Lütt se tourna vers Johnny. Son ami haussa les épaules avec résignation. Lütt comprit qu'il avait déjà tout avoué. Plus la peine de finasser avec ses parents ! Il raconta donc sa mésaventure depuis le début.

Ses parents l'écoutaient avec stupéfaction. Ils avaient déjà entendu les faits de la bouche de Johnny, mais ils n'en revenaient toujours pas.

— Qu'est-ce qui vous a pris ? Vous croyez à la sorcellerie maintenant ! s'exclama le père.

— Quand on est naïf à ce point, on mérite une bonne leçon, ajouta la mère.

Mais en disant cela Mme Lütjen ne put s'empêcher de sourire. Ensuite elle laissa échapper un gloussement communicatif. Le père rit à son tour. Pour finir, tous les deux riaient aux larmes sans pouvoir s'arrêter.

— Qui a bien pu te fourrer de telles sottises dans le crâne ? demanda encore son père en se frottant les yeux avec son mouchoir.

— Rudolf Hartmann.

Lütt n'avait pas encore raconté l'histoire du pot d'échappement. En l'entendant, son père fut secoué par un nouveau fou rire.

— Celui-là, il ferait n'importe quoi pour se faire réparer sa moto à l'œil. Et toi tu as avalé des couleuvres pareilles... C'est trop drôle !

De son côté, Mme Lütjen paraissait soucieuse. Elle ne riait plus.

— Pourquoi veux-tu grandir à tout prix ? Tu es très bien comme ça, va. Je t'aime comme tu es et je ne voudrais pas d'un autre Lütt.

C'était bien sa mère ça ! Comme s'il était son jouet ! S'était-elle jamais demandé ce qu'il éprouvait quand les autres enfants l'appelaient Lütt le nain, nabot ou avorton ? Le visage de Lütt était marqué par la douleur ! Les larmes lui montaient aux yeux. Il pleurait, non pas d'avoir trop ri comme ses parents, mais de rage. Son père et sa mère avaient raison. Rudolf l'avait berné avec son histoire de grand-père boutonneux. Comme un idiot il avait vraiment cru qu'il deviendrait aussi grand que Johnny grâce à la pleine lune. Et par-dessus le marché, Lydia Michelsen les avait vus de sa fenêtre.

Il regarda une fois de plus en direction de Johnny. Lydia en avait-elle parlé à ses camarades ? Il était peut-être la risée de toute l'école.

Il était évident que Johnny mourai
d'envie de lui parler. Mais il n'osait pa:
ouvrir la bouche en présence des parents d¢
Lütt.

Par chance ceux-ci sortirent pour parler au médecin et laissèrent les deux amis seu
à seul. Enfin Johnny put raconter ce qu'i
savait.

La nuit dernière, Lydia avait eu besoir
d'aller aux toilettes. Attirée à la fenêtre par
la clarté de la lune, elle avait aperçu deux sil-
houettes sur le toit de la grange. Elle avai
alors éteint la lampe pour mieux les observer

— Tu sais, elle a tout vu. Mais elle n'¿
rien dit à la maîtresse, enfin juste que tu étai:
tombé d'une échelle. Mais cela, tout le village le savait déjà.

— Tout le village ! Quelle horreur !
s'écria Lütt en s'effondrant sur son oreiller

Maintenant il était bien content d'êtr¢
à l'abri dans sa chambre d'hôpital ! Pourvu
qu'il y reste longtemps ! Il n'oserait plu:
affronter le monde extérieur.

— Et comment sais-tu que Lydia a tou
vu ? demanda-t-il encore.

— Elle me l'a dit elle-même avant qu¢

les cours ne commencent, avoua Johnny. Mais elle ne comprenait pas pourquoi nous avions fait pipi de là-haut.

Johnny jeta un bref coup d'œil vers Andreas qui n'avait rien perdu de la conversation. Il ajouta alors à voix basse qu'il avait bien été obligé de raconter à Lydia ce que Rudolf avait fait. Pour éviter qu'elle ne raconte tout aux autres. Et ça avait marché ! Elle répétait tout le temps : « Pauvre Lütt ! Je le plains ! C'est monstrueux ce que Rudolf lui a fait ! »

Lütt devint rouge comme une tomate. Jamais plus il ne pourrait regarder Lydia en face. Johnny comprit très bien ce qui tracassait son ami.

— Tu sais, elle n'a pas ri de toi, dit-il d'un ton rassurant. Elle s'en veut beaucoup d'avoir crié par la fenêtre. Elle dit que c'est un peu sa faute si tu t'es cassé la jambe.

C'était bien vrai. Si Lydia n'avait pas crié ainsi, ils ne seraient pas descendus si vite de l'échelle, Johnny ne lui aurait pas marché sur la tête et il ne se serait pas cassé la jambe. Par conséquent Lydia et Johnny étaient les principaux responsables. Sans oublier ce Rudolf Hartmann de malheur.

Peu à peu, Lütt se sentit mieux. C'est pourquoi il demanda à Johnny de lui apporter un mètre pliant à sa prochaine visite. Il n'y avait pas grand mal à vérifier si malgré tout il n'avait pas gagné quelques centimètres. Même s'il n'y croyait plus vraiment, il voulait être sûr.

CHAPITRE VI

JUDY JOHNSON SUPERSTAR

L'après-midi Lütt reçut la visite de Gert et de Dieter. Ils avaient emmené la grand-mère.

Gert n'avait pas réussi son examen de conduite. Il semblait plus préoccupé par son permis que par l'état de santé de son petit frère. Lui à qui tout réussissait d'habitude encaissait mal cet échec.

Dieter donna des nouvelles de Suzie. La chienne était très agitée. Elle montait sans arrêt dans la chambre de Lütt et reniflait autour de son lit, puis elle redescendait comme une âme en peine. C'était la première fois que son jeune maître s'absentait si longtemps.

La grand-mère commença par réprimander son petit-fils. Puis elle lui raconta l'histoire d'un camarade d'enfance qui était tombé d'un arbre en volant des cerises. Il s'était cassé la jambe mais la fracture était si compliquée qu'il n'avait jamais plus grandi normalement par la suite. Il avait boité toute sa vie. Mais ça ne l'avait pas empêché de devenir le bourgmestre du village.

Lütt aurait voulu se boucher les oreilles. Il n'avait aucune envie de devenir bourgmestre, lui. Apparemment plongé dans un livre de poche, Andreas écoutait avec intérêt. Les visiteurs de Lütt étaient si amusants !

Gert, Dieter et la grand-mère venaient juste de quitter la pièce lorsque Lütt entendit frapper à la porte. Marita, son mari Bjorn, et leur fille Mélanie firent aussitôt irruption dans la pièce. La petite écarquilla les yeux devant le gros « bobo » de son oncle.

Pour Lütt, Bjorn était le plus ennuyeux beau-frère qu'on puisse imaginer. Il parlait sans arrêt de tennis ou de son travail à la banque.

Il savait tout sur l'argent et le tennis, Bjorn, mais en foot, en mécanique, en coqs, il n'y connaissait rien.

Ce jour-là, comme toujours, il raconta sa journée à la banque. Il avait entendu parler de l'accident de Lütt par des clients. Mais au nom du ciel, qu'étaient allés faire ces deux gamins sur le toit d'une grange en pleine nuit ?

Bjorn lui posait maintenant la question en l'observant avec curiosité. Un peu comme si Lütt était un client qui lui demandait de l'argent et dont il ne savait pas s'il pouvait ou non lui faire confiance.

Lütt s'était attendu à cette question. Au lieu de répondre, il se mit à faire des grimaces pour faire rire sa nièce. Marita était au courant de toute l'histoire, mais elle tint sa langue. Elle regardait son petit frère avec compassion et insista pour qu'il goûte le jus de fruits des bois qu'elle avait préparé elle-même. Elle lui tendit une bouteille étiquetée.

— Tu as une grande famille, fit remarquer Andreas, lorsque Marita, Bjorn et Mélanie eurent quitté la chambre.

Les parents d'Andreas ne pouvaient lui rendre visite que le week-end. Ils travaillaient tous les deux et le trajet de Hambourg à Husum durait deux heures.

Lütt se demanda si c'était tellement bien d'avoir autant de visiteurs. Mais à quoi bon se tracasser ! De toute façon il ne pouvait pas empêcher que deux ou trois membres de sa famille viennent le voir chaque jour.

Tous les records de visite furent battus le jour où la jambe de Lütt fut plâtrée. Cet après-midi-là, la classe de Lütt au complet fit une entrée remarquée dans l'hôpital. Les enfants se répartirent tout autour de son lit. Tous ceux qui avaient déjà séjourné dans un hôpital racontèrent leur propre expérience. Franck Schumacher — le plus fort en gym — s'était cassé la jambe l'année précédente, au cours d'un entraînement. Il voulait devenir champion de saut à la perche. Cette fois-là, il avait atterri à un mètre du tapis. Il avait eu droit à un plâtre lui aussi, mais pas un aussi beau que celui de Lütt.

Tous les enfants s'extasièrent devant le plâtre de Lütt. Ce dernier était ravi d'être le point de mire de la classe. Pour une fois, personne ne le surnommait le nain, ne le traitait de moucheron et ne lui recommandait de fermer la fenêtre pour éviter de se faire emporter par le vent. Seul Stéphane Hansen

observa en gloussant que le plâtre était aussi
grand que Lütt lui-même. Mais il regretta très
vite cette remarque car les autres le remirent
vivement à sa place : « Ça va pas la tête ?
Tu as encore trop regardé la télé hier soir ? »

Il est vrai que Stéphane Hansen passait
le plus clair de son temps devant le petit
écran. Il regardait tous les programmes :

les reportages sportifs, les documentaires animaliers, les feuilletons, les films, parfois même les débats politiques. Mais que les autres le lui reprochent, Lütt n'en revenait pas. Ce comportement inhabituel finit par lui mettre la puce à l'oreille. Apparemment Lydia n'avait pas su tenir sa langue. Sans doute s'était-elle confiée à sa meilleure amie, Sibylle, en lui recommandant de garder le secret. Et Sibylle n'avait pas pu s'empêcher d'en parler à Johanna, et Johanna l'avait dit à Dirk, et Dirk à Richard et ainsi de suite. Toujours est-il que toute la classe était au courant. Et c'est pour cela qu'ils étaient pleins de pitié pour lui et si durs avec Stéphane.

Lütt interrogea Lydia du regard. Celle-ci rougit jusqu'aux oreilles, une réaction qui confirma les soupçons de Lütt.

Mme Klaas, qui accompagnait la classe, devina ce qui le tourmentait.

— Ne t'inquiète pas, Lütt, l'incident est déjà oublié. Nous t'avons apporté quelque chose, dit-elle pour faire diversion.

Au signal de la maîtresse chacun sortit le feutre de la couleur qu'il avait choisie et apposa sa plus jolie signature sur le plâtre de Lütt. Il y avait du bleu, du rouge, du jaune, du vert, du mauve, de l'ocre, du noir, etc. Le mélange des couleurs était très réussi. Richard essaya même avec son feutre blanc, mais naturellement, on ne voyait rien. Alors il repassa en marron.

Lorsqu'ils eurent terminé, leur attention fut attirée par le compagnon de chambre de Lütt. Son plâtre à lui était encore tout blanc. Affichant un sourire d'hôtesse de l'air, Sibylle s'approcha d'Andreas.

— Vous permettez ? dit-elle.

Andreas hocha la tête et tous les élèves défilèrent pour signer. Ainsi son plâtre fut égayé d'un tas de paraphes inconnus.

C'était au tour de Mme Klaas de signer. Elle s'avança et se pencha sur la jambe d'Andreas. Johnny en profita pour glisser le mètre pliant sous la couverture de son ami. Seule Lydia, dont le visage exprimait toujours le remords, remarqua le manège. À son tour elle glissa furtivement sous le drap un objet long, fin et rond qu'elle avait dissimulé derrière son dos jusque-là.

Lütt mourait d'envie de regarder ce que

c'était. Mais il fallait patienter. De toute évidence Lydia ne voulait pas que les autres soient au courant.

Sibylle, la première de la classe, proposa d'aider Lütt à rattraper les cours dès sa sortie de l'hôpital. Et Stéphane Hansen promit de lui enregistrer tous les épisodes de Batman avec son magnétoscope. Pour qu'il n'en rate aucun.

Intimidé par tant d'égards, Lütt aurait voulu disparaître sous ses draps. Aussitôt après le départ de ses camarades, il sortit le cadeau de Lydia.

L'étui en carton renfermait un poster. Dès qu'il commença à le dérouler, il reconnut la chevelure flamboyante de Judy Johnson, sa chanteuse préférée ! Quelle merveilleuse surprise !

Quelques semaines auparavant Lütt avait parlé à Lydia de sa passion pour Judy Johnson. Pour lui c'était la meilleure chanteuse rock du monde. Et ça lui était égal qu'elle vienne d'Amérique et qu'elle chante en anglais. Son cœur battait à tout casser quand il entendait sa voix grave. Lydia s'était souvenue de cette conversation.

— Qu'est-ce que c'est ? demanda Andreas.

Lütt lui montra le poster.

— Oh ! Judy Johnson Superstar !

Andreas rayonnait. Alors lui aussi était un fan de la chanteuse.

— Tu connais *My Little House* ? demanda Lütt.

— Bien sûr, dit Andreas.

Il se mit aussitôt à chanter. Lütt était stupéfait. Andreas connaissait les paroles du début à la fin.

— Et *The Yellow Taxi-Driver* ?

Andreas la connaissait aussi. Il était incollable. Il lui chanta toutes ses chansons préférées les unes après les autres. Lütt finit par chanter avec Andreas. C'était fantastique d'être tombé sur quelqu'un qui partageait ses goûts.

Lütt sentit soudain un objet dur sous le drap. C'était le mètre pliant. Il enroula le poster et déplia le mètre. Comment faire pour se mesurer ? L'appareil à extension l'empêchait de bouger.

— Qu'est-ce que tu fais ? dit Andreas,

surpris par les tentatives désespérées de Lütt pour se redresser.

— Je voudrais bien me mesurer, avoua Lütt.

Puis il ne put s'empêcher de mentir.

— Ma sœur a décidé de m'offrir un canoë pour mon anniversaire et elle veut connaître ma taille exacte.

Quel mensonge absurde ! Mais dans sa hâte il n'avait rien trouvé de mieux. Et il ne voulait pas dire la vérité à Andreas. Leur amitié était encore trop récente. En plus, tant qu'il était cloué au lit, Andreas ne pouvait pas se rendre compte de sa petite taille. C'est du moins ce qu'il espérait. Il est vrai qu'Andreas avait entendu tout ce qui s'était dit dans la pièce. Lütt jeta un coup d'œil prudent vers le lit voisin.

Andreas avait les yeux fermés. Il voulait peut-être se reposer ou rêver de Judy Johnson.

Lütt glissa le mètre sous son dos et le poussa jusqu'au bout de son pied valide. Puis il s'étira autant qu'il put tout en s'aplatissant sur le mètre et pressa le pouce au-dessus de

son crâne. Enfin il regarda l'endroit fati-
dique.

Un mètre douze. Il n'avait pas pris un
millimètre... C'était normal, pourtant il ne
put s'empêcher d'être déçu.

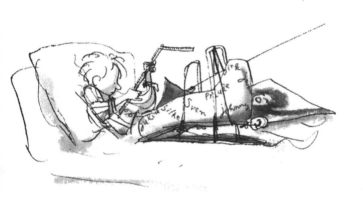

CHAPITRE VII

NOUVELLES AMITIÉS

Les médecins de l'hôpital autorisèrent enfin Lütt à rentrer chez lui. À peine descendu de voiture, il vit Suzie bondir hors de la maison. Hop ! la chienne sauta par-dessus la barrière du jardin et se précipita sur lui. Elle aurait voulu lui lécher le visage. Mais il fallait à tout prix la calmer car Lütt avait toujours son plâtre et marchait avec des béquilles. Il risquait de perdre l'équilibre sous le poids de l'animal. M. Lütjen intervint juste à temps :

— Assis ! ordonna-t-il. Assis, nom d'un chien !

Il dut s'y reprendre à trois fois avant que la chienne ne s'assoie enfin. Elle continuait à pousser des jappements de joie.

Lütt posa ses béquilles contre la barrière, saisit l'énorme tête entre ses bras et la gratta un long moment derrière les oreilles.

— Je suis là, ma belle, murmura-t-il. Tu m'as manqué aussi, tu sais.

Il était touché que Suzie lui fasse la fête ainsi.

La chienne renifla le plâtre tout bariolé. Lorsqu'elle fut enfin calmée, Lütt entra dans la maison.

Pour son retour, sa grand-mère lui avait préparé de la semoule au lait. Accompagnée de compote de cerises. C'était son dessert préféré. Il en dévora autant qu'il put.

Sa mère lui avait acheté un survêtement tricolore, avec une fermeture Éclair en bas du pantalon. Il était facile à enfiler malgré son plâtre. Lütt pensa que sa mère avait bien choisi sauf qu'elle avait vu grand, comme d'habitude.

Son père avait disposé dans sa chambre un lecteur de cassettes rien que pour lui et Dieter avait fabriqué lui-même une étagère pour y ranger ses cassettes. Et sur l'un des rayons... il y avait le tout dernier album de Judy Johnson en cassette !

Marita avait préparé pour tout le monde

une gigantesque tarte aux fraises. Quant à Mélanie, elle lui avait fait cadeau d'un de ses premiers dessins. Gert qui était toujours en classe avait laissé un petit mot à son intention sur la table de la cuisine :

Attention, tous les parents !
Veillez bien sur vos enfants.
Ne les laissez plus sortir :
Gert a son permis de conduire

Il avait donc fini par le décrocher, son permis.

Comblé par tous ces cadeaux, Lütt eut beaucoup de peine à réprimer un sanglot. En fin de compte, se casser une jambe avait aussi de bons côtés !

Après le repas il fixa le poster au mur. Puis il s'étendit sur son lit et écouta sa cassette tout en admirant la silhouette de sa vedette préférée. Il se reposa ainsi jusqu'à l'arrivée de Johnny. Ce dernier venait récupérer le mètre pliant que son père cherchait partout depuis plusieurs jours.

Lütt attendit que son ami l'interroge sur les résultats de leur exploit sur le toit de la

65

grange. Ils n'avaient plus eu une seule occasion de se parler seul à seul à l'hôpital.

Mais Johnny ne lui posa aucune question. Peut-être n'avait-il jamais cru au pouvoir magique de la pleine lune. Lütt ne
pouvait pas l'en blâmer : ils avaient déjà
tout tenté sans succès. Silencieux, Johnny
contemplait la chanteuse avec sa robe noire
moulante et sa magnifique chevelure rousse

— Elle vient chanter ici dans six semaines, déclara-t-il à brûle-pourpoint.

— Qui ça ? s'écria Lütt.

— Judy Johnson, tiens.

— Où donc ?

— À Lütjenholm. Tu es sourd ou quoi ? Mon père a déjà collé une affiche sur la porte du café. Elle chantera dans la salle des sports et mes parents tiendront la buvette comme d'habitude.

Judy Johnson venait d'Amérique pour chanter dans la salle des sports de Lütjenholm ? Lütt avait peine à y croire... Et si c'était vrai après tout ? Des tas d'artistes s'étaient déjà produits dans le grand gymnase. Un jour, une fanfare était arrivée de Bavière avec des accordéonistes qui portaient leurs fameuses culottes de cuir. Une autre fois *Frankie le Rocker* avait chanté, puis quelques mois plus tard le groupe *Dans le Vent* et récemment Helmo Knospe que sa grand-mère vénérait comme un dieu. La scène était montée par les pompiers du village et, pendant l'entracte, le père de Johnny s'occupait du bar.

— Je ne veux pas manquer ça, dit Lütt fou de joie.

Johnny fit la grimace.

— T'as trente marks [1] ? C'est le prix de l'entrée.

Trente marks l'entrée ! Lütt n'avait jamais eu autant d'argent. Et il ne fallait pas compter sur ses parents qui venaient de le gâter avec le lecteur de cassettes et le survêtement. Sa bonne humeur s'envola d'un seul coup. C'était rageant : Judy Johnson venait à Lütjenholm et il allait rater ça.

Un peu plus tard plusieurs camarades de classe vinrent lui rendre visite pour son retour. Il y avait Franck Schumacher, Sibylle Bauer, Stéphane Hansen et bien entendu Lydia Michelsen. Sibylle lui remit ses cahiers et Stéphane les cassettes vidéo de Batman. Lütt ne savait trop comment les remercier.

Par la suite ils ne parlèrent plus que du grand sujet du moment : la venue de Judy Johnson à Lütjenholm. Le père de Johnny n'était pas le seul à avoir une affiche. Sibylle et Lydia en avaient vu d'autres à la caisse

_____

1. Trente marks : environ cent francs.

d'épargne et au supermarché. Hélas, aucun d'entre eux ne pouvait s'offrir l'entrée.

Un silence un peu triste tomba alors dans la pièce. Tous les yeux étaient fixés sur le poster de leur idole. Puis soudain Franck s'écria :

— J'ai une idée. Il y a un moyen tout simple pour entrer sans payer.

— Lequel ? s'écrièrent en chœur tous les enfants.

— Il y a des toilettes à l'extérieur, expliqua Franck. Entre les toilettes et la salle il n'y a qu'une petite fenêtre. En faisant la courte échelle, nous pourrons passer par la fenêtre pour entrer dans la salle.

Cette idée souleva l'enthousiasme général. Franck était bien placé pour savoir où étaient les toilettes du gymnase. Et s'il affirmait qu'il y avait une petite fenêtre à cet endroit, c'est qu'il y en avait une. De plus Lütt serait débarrassé de son plâtre d'ici là. Il pourrait être de la partie. Le problème était donc réglé.

— Et pour Rudolf ? demanda Johnny timidement. Vous croyez qu'on laisse tomber ? C'est vache ce qu'il nous a fait !

Lütt baissa la tête. Pourquoi Johnny revenait-il sur cet incident ridicule ? Jusqu'à présent, tous ses camarades avaient fait comme s'ils ne savaient rien. Mais le moment était sans doute venu d'arrêter de faire semblant, d'avouer qu'ils étaient au courant de tout.

Et c'est ce qu'ils firent. Ils criaient tous en même temps. Sibylle et Lydia étaient les plus acharnées contre Rudolf. Ce qu'il avait fait était odieux, vil, bas, abject. Elles étaient déchaînées comme si c'étaient elles qui avaient été dupées.

Lütt était de plus en plus perplexe. À part Johnny, les autres n'avaient jamais été ses grands copains jusqu'ici. Peut-être qu'aujourd'hui ils s'en voulaient de s'être tant moqués de lui. En tout cas ils n'admettaient pas que Rudolf se soit payé sa tête, surtout qu'il s'était cassé la jambe par la faute de ce lâche. Lütt les observa un à un — Franck, Sibylle, Lydia, Stéphane et Johnny — cherchant à les comprendre. Et peu à peu tout devint clair. S'ils tenaient tant à leur vengeance c'est parce que Lütt n'avait que neuf ans comme eux, alors que Rudolf en avait seize. Ils étaient furieux parce qu'un type deux fois plus vieux avait ridiculisé l'un des leurs.

— Tu dois te venger, conclut Stéphane. C'est comme ça au cinéma. Œil pour œil, dent pour dent.

— Doucement ! intervint Lydia.

Sibylle déclara avec autorité qu'il ne fallait pas faire de mal à Rudolf, mais lui jouer un tour.

— Nous devons trouver quelque chose

qui lui rabatte le caquet et qu'il n'oubliera pas de si tôt.

— Tu penses à quoi ? s'enquit Johnny bouche bée.

Sibylle n'avait pas d'idée précise ; ils décidèrent donc de chercher ensemble. Mais ils eurent beau se creuser la tête, ils ne trouvèrent rien de satisfaisant. Sibylle annonça alors que c'était à Lütt de décider. C'était à lui de trouver comment remettre Rudolf à sa place. Les autres l'aideraient à exécuter son projet.

Lütt était loin d'être rassuré. Il avait la responsabilité du plan. Les autres le prenaient-ils au sérieux pour autant ? Ou avaient-ils juste pitié de lui ? Peut-être lui confiaient-ils cette tâche parce qu'ils n'avaient pas trouvé la solution par eux-mêmes ?

Étaient-ils ses amis ? Des vrais comme Johnny ? Ou bien cherchaient-ils surtout à se venger d'un grand ?

Toutes ces questions se bousculaient dans sa tête et le torturaient.

Mais il préféra les laisser en suspens. En tout cas pour cet après-midi-là. Il avait bien trop peur des réponses.

CHAPITRE VIII

UN GÉANT À L'INTÉRIEUR

Pendant les quelques jours qui suivirent le retour de Lütt à la maison, presque tout le village défila chez lui pour prendre de ses nouvelles. La plupart demandaient d'un air compatissant comment il s'était cassé la jambe, le pauvre ! Comme s'ils n'étaient pas déjà au courant ! Coïncidence : on ne voyait plus Rudolf Hartmann passer à mobylette devant la maison.

Le dimanche suivant son retour, Lütt reçut la visite d'Andreas, son compagnon de chambre à l'hôpital. Enfin une visite qui lui fit réellement plaisir. Le vélo étant hors de question à cause de son plâtre, Andreas avait demandé à ses parents de le conduire chez son ami Lütt.

À l'hôpital, les deux garçons avaient eu tout le temps de mieux se connaître. Une véritable amitié les unissait désormais. Lütt invita Andreas à s'asseoir sur son lit et lui fit écouter la cassette de Judy Johnson. Ils se racontèrent tout ce qui s'était passé depuis qu'ils s'étaient quittés. Puis les parents d'Andreas les emmenèrent à la plage en voiture. Assis sur le sable face à la mer, ils suivaient des yeux le parcours des vagues qui venaient mourir quelques mètres devant eux.

Un peu plus loin les parents d'Andreas se demandaient de quoi les garçons pouvaient

bien parler après tout ce qu'ils s'étaient déjà raconté. En fait, ils réfléchissaient sur la hauteur du ciel, la profondeur de la mer, l'horizon. C'était surtout Lütt qui posait les questions et Andreas qui donnait les réponses. Mais ce n'était pas comme Johnny qui inventait toujours des explications farfelues. Andreas connaissait vraiment des tas de choses sur le monde car il lisait beaucoup. C'est dans les livres qu'il avait appris comment vivaient les premiers hommes, comment Christophe Colomb avait découvert l'Amérique et pourquoi il y avait des marées.

— Tu sais où se trouve le bout du monde ? demanda encore Lütt. On peut trouver la réponse dans un livre ?

— Non, admit Andreas. Personne ne le sait encore. Sans doute parce que l'univers est infini.

Lütt avait du mal à imaginer un monde sans fin. L'univers devait bien s'arrêter quelque part au bout de milliards et de milliards de kilomètres. Mais alors après, qu'est-ce qu'il y avait ? Un autre monde ? Qui s'étendait de nouveau sur des milliards de kilomètres ? Ou un grand vide ? Et si c'était un grand vide, à quoi ressemblait-il ?

Andreas était bien incapable de lui répondre. Alors Lütt raconta qu'un jour Johnny avait représenté le bout de l'univers au tableau noir. Il avait dessiné un panneau en bois avec une pancarte clouée dessus. Sur cette pancarte on pouvait lire le mot *Fin* comme sur un écran de cinéma.

Johnny avait juste voulu plaisanter mais c'était depuis ce jour-là que Lütt se posait des questions. Si seulement on pouvait savoir à quoi ressemblait le bout du monde !

— C'est dommage, mais l'homme ne saura sans doute jamais la vérité, conclut Andreas. Il aura beau envoyer des fusées, toujours plus loin, il ne parviendra jamais aux limites de l'univers. Il vaut mieux ne pas trop y penser. Certains savants sont devenus fous à force de se poser ce genre de questions.

Ils restèrent un instant silencieux. Puis Andreas demanda carrément à son ami ce qui s'était passé sur le toit de la grange. À l'hôpital il s'était rendu compte que Lütt était petit pour son âge. Et bien entendu il n'avait pas cru un instant à l'histoire du canoë.

Lütt décida de ne plus rien cacher à son ami. Il énuméra tous les surnoms qu'on lui donnait — nain, avorton, nabot ou moucheron — et les petites phrases ironiques qu'on lui lançait à la tête. Il raconta tous les tourments qu'il avait endurés jusque-là à cause de sa taille. Puis il relata sa conversation avec Rudolf au bord de la rivière, la nuit sur le toit de la grange, le cri de Lydia, la maladresse de Johnny et enfin sa chute de l'échelle.

C'était à peu de chose près l'histoire qu'Andreas avait reconstituée à partir des bribes entendues. Il avoua à Lütt qu'il était passé par les mêmes épreuves que lui. À l'époque où il bégayait. Tout le monde se moquait de lui. Il avait fait de terribles efforts pour se débarrasser de son défaut. Désormais il ne bégayait plus.

Lütt répondit que lui aussi avait fait des efforts sur lui-même. Mais cela n'avait servi à rien. Bégayer et être trop petit ce n'était pas du tout le même problème.

— Peut-être plus que tu ne crois, répondit Andreas, songeur. Moi j'ai arrêté de bégayer dès que j'ai cessé d'en avoir honte, dit-il avec douceur.

Est-ce à dire que Lütt grandirait dès qu'il n'aurait plus honte d'être petit ?

Non ce n'était pas tout à fait ça. Andreas pensait qu'être petit comme Lütt, c'était quelque chose de spécial. Et que Lütt devrait en être fier. Y avait-il dans tout le village un enfant aussi petit que lui ?

Lütt était perplexe. Andreas voulait donc lui faire croire qu'il devait être fier d'être petit ? Le pensait-il vraiment ?

— Oui, se contenta de répondre Andreas.

Lütt ne savait plus que dire. Il aimait bien Andreas parce qu'il le traitait d'égal à égal. De plus, son nouvel ami n'avait cessé de l'impressionner par son savoir et son intelligence. Ce qu'il venait de dire là n'était pourtant pas très malin.

— Mon père dit toujours que celui qui n'est pas comme les autres, qui *sort du lot*, est bien plus intéressant, reprit Andreas.

C'est donc de son père qu'Andreas tenait ce genre d'idées. Et lui, Lütt le nain, il avait soi-disant quelque chose de plus que les autres parce qu'il était beaucoup plus petit. C'était encore plus débile que l'histoire de Rudolf. Lütt ne pouvait que hocher la tête de droite à gauche en signe de doute.

Mais Andreas ne lâcha pas prise.

— Et tu sais ce que mon père dit aussi ? Que l'aspect extérieur ne compte pas. Que l'on soit physiquement grand n'est pas important, ce qui compte c'est d'être grand à l'intérieur.

Devant la perplexité de son ami, Andreas expliqua alors qu'il existait des gens de deux mètres qui au fond d'eux-mêmes étaient petits, lâches, stupides ou mesquins, et des gens petits qui étaient plus courageux, plus généreux et plus intelligents que n'importe qui. L'empereur Napoléon, par exemple, ne dépassait pas un mètre cinquante. Mais c'était un génie militaire et le plus grand des Français. Et Charlie Chaplin. C'était loin d'être un géant, mais c'était le plus grand acteur et le plus grand cinéaste de tous les temps.

Là, Andreas marquait des points. Ses exemples demandaient réflexion. Et comme il lui fallait plus de temps pour réfléchir, Lütt raconta à Andreas que ses copains Franck,

Lydia, Stéphane, Sibylle et Johnny voulaient qu'il se venge de Rudolf. Au fond de lui, il ne tenait pas à se venger. Car s'il n'était pas tombé de l'échelle, il n'aurait jamais fait la connaissance d'Andreas. De toute façon les autres continueraient à se moquer de lui. Alors pourquoi s'en prendre à Rudolf en particulier ?

— Tu vois, s'écria Andreas d'un air triomphant, tu es un géant à l'intérieur ! Plein de générosité. Mais il ne faut pas être trop bon dans certains cas, sinon on se fait marcher sur les pieds. Après ce qu'il t'a fait, Rudolf ne doit pas s'en tirer à si bon compte.

Lütt était tout heureux qu'Andreas l'ait appelé « géant à l'intérieur ».

— Alors qu'est-ce qu'on va faire de lui ? demanda-t-il.

— Tu sais ce qu'il aime le plus au monde ?

— Sa mobylette.

— Et après sa mobylette ?

— Le foot.

— Et après le foot ?

— Les filles.

La dernière réponse le fit pouffer. Après un instant de réflexion, Andreas déclara :

— Vous ne devez pas lui faire de mal, ni rien lui prendre. Puisqu'il s'est moqué de toi en touchant ton point sensible, il faut lui rendre la pareille.

Lütt aurait bien voulu poursuivre cette conversation, mais les parents d'Andreas leur firent signe de se lever. Il était grand temps de partir. La grand-mère de Lütt les avait invités à prendre le café avec des gâteaux.

CHAPITRE IX

L'ARBRE À MOBYLETTE

Lütt put reprendre l'école au bout de trois jours, mais il devait garder son plâtre. Puis l'année scolaire prit fin avec la distribution des carnets de notes. Malgré une longue absence Lütt s'en était très bien sorti. Il passait dans la classe supérieure.

Personne ne redoublait dans sa classe. Mme Klaas était très satisfaite. Les élèves aussi étaient contents : ils allaient garder leur maîtresse l'année suivante. Le directeur l'avait promis.

Au dernier coup de sonnette de l'année, les élèves se précipitèrent dans la cour. Lütt laissa passer les autres car il marchait encore très lentement. Désormais, il n'avait plus besoin de ses béquilles, mais l'énorme plâtre était de plus en plus pénible à traîner.

Il rejoignit ses camarades dans le ca
scolaire. Comme chaque jour depuis quelqu
temps, ils fignolaient ensemble les détails d
leur projet de vengeance. À partir de l'idé
d'Andreas, ils avaient élaboré un plan dan
lequel chacun des six avait son rôle à jouer
Rudolf allait en voir de toutes les couleurs

Les enfants se retrouvèrent tous che
Lütt aussitôt après le déjeuner afin de com
mencer les préparatifs. Sibylle entreprit l
rédaction d'une lettre d'amour destinée
Rudolf. Bien entendu elle fit comme si la let
tre venait de sa grande sœur Kathrin. Tou
le village savait que Rudolf rêvait de sorti
avec elle. Mais jusqu'à présent, la jolie Kath
rin avait ignoré Rudolf. Sibylle tourna l
message ainsi :

Salut Rudolf !
Si tu as le temps ce dimanche, je sui
d'accord pour te rencontrer. J'ai une ques
tion à te poser. Viens en mobylette au boi
du Diable, après le match de football. J
t'attendrai au chêne du Rendez-Vous.
Bien à toi. Ta Kathrin.

Le bois du Diable était accessible par une route étroite et sinueuse qui démarrait juste à la sortie du village. Situé au sommet d'une colline, le bois abritait un magnifique chêne centenaire au pied duquel la municipalité avait placé un banc en bois... l'endroit rêvé pour les amoureux. C'est pourquoi les jeunes l'appelaient le chêne du Rendez-Vous. Rudolf était bien placé pour le connaître et Sibylle imitait l'écriture de sa sœur à la perfection. Toutes les chances étaient donc réunies pour qu'il tombe dans le panneau.

Sibylle glissa la lettre dans une enveloppe sur laquelle elle écrivit le nom de Rudolf. Puis ils se dirigèrent vers la maison des Hartmann. Sans attirer l'attention, Stéphane longea la clôture puis glissa l'enveloppe dans la boîte aux lettres. Heureusement, dans le village presque toutes les boîtes aux lettres se trouvaient à l'extérieur des maisons. Ses camarades l'attendaient un peu plus loin. Ils étaient aussi heureux que s'ils avaient gagné à la loterie. Ils auraient bien voulu voir la tête de Rudolf lorsqu'il ouvrirait l'enveloppe.

Le samedi soir, Lütt et Johnny virent Rudolf passer devant le café. Il affichait une mine réjouie que les deux amis attribuèrent à la lettre écrite par Sibylle.

Une ultime réunion se tint le dimanche matin chez Lütt. Johnny apporta deux cordes épaisses comme il l'avait promis. Pourvu que son père ne s'aperçoive de rien !

Sibylle écrivit une seconde lettre à Rudolf. Mais celle-là, ils ne la déposeraient pas chez lui. Rudolf la trouverait à la place de Kathrin.

Lorsqu'elle eut terminé, Lütt rédigea un petit billet, destiné également à Rudolf.

Puis chacun rentra chez soi. Le déjeuner familial était sacré le dimanche. Après le repas, Dieter disparut dans son poulailler. Gert se rendit au terrain de football pour assister au match des cadets. Il était passé très tôt chez les juniors, mais les matchs des minimes et des cadets l'intéressaient toujours.

La grand-mère décida de se rendre au cimetière sur la tombe de grand-père et, comme tous les dimanches après-midi, les parents s'éclipsèrent pour faire la sieste. Personne n'interrogea Lütt sur ses projets. Avec son plâtre il ne pouvait pas aller bien loin. C'est du moins ce que ses parents croyaient.

Lütt monta dans sa chambre, prit les cordes de Johnny, la lettre de Sibylle et son propre billet, puis se rendit en boitant à l'arrêt d'autobus où l'attendait le reste de la bande. Franck leur montra le marteau, les pinces et les clous qu'il avait trouvés dans l'atelier de son père. Ainsi équipé, il ressemblait à un aventurier sur le point de partir en expédition. Tous trépignaient d'impatience. Les rires étouffés trahissaient leur entrain. Pourvu que leur plan marche comme prévu !

À la sortie du village, ils empruntèrent la petite route du bois du Diable. Ils marchaient en file indienne, Franck en tête avec tout son attirail suivi de Johnny qui portait les cordes enroulées autour de son épaule. Suivaient Sibylle, Stéphane, Lydia et enfin Lütt.

C'était normal que Lütt soit un peu à la traîne ; avec son plâtre il avait du mal à marcher. Mais il ne put s'empêcher de penser que, comme toujours, il se retrouvait en queue de peloton. Puis il se rappela les

paroles d'Andreas et s'efforça d'être grand
à l'intérieur.

Arrivés au sommet de la colline, ils dis-
simulèrent les cordes et les outils dans les
fourrés qui bordaient la route. Puis ils
s'enfoncèrent dans le petit bois. Après dix
minutes de marche, ils atteignirent le fameux
endroit où les garçons et les filles se retrou-
vaient. Avec une certaine solennité, Sibylle
déposa la seconde lettre de Kathrin sur le
banc. Par précaution, elle recouvrit les quatre
coins de l'enveloppe avec des cailloux pour
éviter qu'elle ne s'envolât.

Ils s'assurèrent que la lettre était visible

de partout. Puis ils regagnèrent la route et se cachèrent dans les fourrés où se trouvaient déjà cordes et outils. Une longue attente commença alors. Rudolf n'arriverait pas avant la fin du match.

Chaque minute qui passait leur parut interminable. Franck craignait que Rudolf ne vienne pas. Sibylle avait en effet précisé dans la lettre qu'il prenne sa mobylette ; ce détail avait peut-être éveillé sa méfiance. En outre il avait très bien pu rencontrer Kathrin dans la rue et se rendre compte qu'elle ne lui avait jamais écrit de lettre.

Enfin un bruit de moteur brisa le lourd

silence. C'était bien Rudolf. Ce dernier s'arrêta non loin d'eux et se dirigea vers le petit bois. Il siffla doucement.

Comme rien ne se produisit, il siffla de plus belle. Toujours pas de Kathrin en vue ! Rudolf décida de descendre de sa mobylette et de laisser l'engin contre un arbre. Il prit soin d'attacher un cadenas de sûreté autour de la roue et du cadre. Puis il prit le chemin du bois en regardant tout autour de lui.

Johnny se frottait les mains. Tout marchait pour le mieux. Rudolf avait laissé sa mobylette sur le bord de la route comme prévu. Mais ce qui était formidable, c'est qu'il avait choisi un arbre immense au tronc épais avec de nombreuses branches et un feuillage dense. Si l'arbre avait été petit et moins solide, leur plan n'aurait pas aussi bien fonctionné. C'était comme si une main invisible avait guidé Rudolf vers cet arbre-là.

Ils attendirent que la silhouette de Rudolf ait disparu dans le bois, puis toutes les têtes émergèrent des fourrés en même temps. Muni du marteau et des clous, Franck entreprit aussitôt l'escalade de l'arbre sous lequel Rudolf avait abandonné le cyclomoteur. Arrivé en haut, il s'assit à califourchon sur une grosse branche et attrapa du premier coup les cordes que Stéphane et Lydia lui lancèrent. Il les fit glisser autour de la branche jusqu'à ce que les deux bouts de corde soient de la même longueur de chaque côté. Aussitôt Lydia et Johnny saisirent l'extrémité d'une des deux cordes pour y attacher la roue avant de la mobylette. Pendant ce temps, Sibylle et Stéphane s'occupèrent de la roue arrière.

Lütt était chargé de surveiller l'heure. Chaque étape du plan avait été minutée. Ils disposaient d'une vingtaine de minutes en tout puisque le trajet jusqu'au vieux chêne durait dix minutes.

À présent, l'engin était bien attaché aux deux cordes. Lydia et Johnny saisirent l'extrémité libre d'une des cordes, Sibylle et Stéphane se chargèrent de l'autre. Franck, toujours posté sur sa branche, donna le signal :

— Un, deux, oh ! hisse !

Alors les quatre enfants tirèrent de toutes leurs forces sur les cordes. La mobylette mit un certain temps avant de décoller, mais au bout de quelques minutes, elle se balançait déjà à un bon mètre au-dessus du sol.

— Oh ! hisse ! reprit Franck.

La mobylette leur semblait de plus en plus lourde.

— Surtout ne lâchez pas prise ! ordonna Franck avant de lancer un nouvel « Oh ! hisse ! ».

Lütt suait à grosses gouttes. C'était Johnny qui avait eu l'idée de la cacher en haut d'un arbre. Lütt se serait contenté de la dissimuler dans des buissons. Trop banal ! lui avaient rétorqué les autres. On avait donc retenu la proposition de Johnny. Pas de doute, l'idée était originale ! Mais aussi beaucoup plus compliquée. Déjà douze minutes envolées. Et si Rudolf revenait avant que tout ne soit fini... ? Lütt préférait ne pas y penser.

Franck accéléra la cadence. La mobylette ressemblait maintenant à un hélicoptère planant dans les airs.

— Allez, encore quelques centimètres. Un peu de nerf, les gars !

Ils devaient tenir encore un tout petit peu. Un seul instant de relâchement et l'engin

se fracasserait par terre. Et là toute la compétence de Dieter ne suffirait pas à le réparer.

Johnny dit en haletant qu'ils auraient dû enduire la branche de lubrifiant pour que la corde glisse mieux.

— Quelle bonne idée ! dit Lydia avec ironie. Comme cela Franck aurait fait la glissade sur la branche.

Les autres ne purent s'empêcher de rire. Cette plaisanterie faillit leur faire lâcher prise. Enfin l'ascension reprit avec lenteur jusqu'à ce que la mobylette disparaisse presque entièrement dans les feuillages.

— C'est bon ! cria enfin Franck en se saisissant du marteau.

Il avait sélectionné les clous les plus longs et les plus épais qu'il avait trouvés dans la boîte à outils de son père. Il s'en félicitait à présent, car les cordes étaient épaisses. En bas ils écoutaient les martèlements sourds dans une angoisse insoutenable. À chaque coup de marteau, leur cœur sautait dans leur poitrine.

Lütt constata avec stupeur que dix-huit minutes s'étaient écoulées. Il s'attendait à voir Rudolf surgir du bois. Enfin Franck donna un dernier coup de marteau tout en s'écriant :

— Ça y est. Lâchez tout !

Les autres lâchèrent la corde. Pendant quelques secondes tous retinrent leur souffle... La mobylette semblait bien accrochée. Elle pendait comme une pomme sur un pommier.

Lydia et Sibylle battaient des mains. Une lueur de fierté éclaira le visage de Johnny. Son idée était devenue réalité.

Lütt ne quittait pas sa montre des yeux.

— Plus que trente secondes, chuchota-t-il affolé.

Sans perdre son calme, Franck cloua encore la partie des cordes qui avait servi à hisser l'engin. Il ne fallait pas les laisser pendre sinon Rudolf repérerait la mobylette tout de suite. Enfin il put redescendre de l'arbre. Son visage en feu luisait de sueur. Il demanda encore combien de temps avait duré l'opération.

— Juste vingt et une minutes et demie, répondit Lütt.

Rudolf allait réapparaître d'un instant à l'autre. Il avait peut-être entendu les coups de marteau et décidé de revenir sur ses pas. Vite, il fallait trouver une cachette. Et une meilleure qu'avant car, à coup sûr, Rudolf fouillerait partout pour retrouver son engin.

— J'ai une idée, les gars ! s'écria Stéphane. Nous allons d'abord le laisser passer devant nous. Ensuite nous marcherons sur ses traces. Mais attention, il ne faudra pas faire de bruit. L'homme blanc n'a pas d'yeux dans le dos.

Les autres le regardèrent bouche bée.

— C'est un vieux truc indien, expliqua Stéphane. Je l'ai vu dans un western.

Les autres approuvèrent. Ils s'engagèrent dans le sentier et disparurent dans les fougères.

Rudolf ne tarda pas à se montrer. Il marchait à grandes enjambées. Les branches mortes craquaient sous ses pas. Il semblait furieux.

Accroupie à côté de Lütt, Lydia pouffa de rire. Lütt lui fit les gros yeux mais il mourait d'envie d'en faire autant. Il jubilait. Rudolf s'était fait piéger comme un gamin. Lütt se rappela la seconde lettre rédigée de la main de Sibylle :

Très cher Rudolf,

Je suis sincèrement navrée de t'avoir fait venir pour rien, mais j'ai changé d'avis au dernier moment. Je préfère qu'on se retrouve à minuit pile sur le toit de la grange des Michelsen. Comme cela nous serons plus près de la lune. Ça t'aidera peut-être à devenir plus malin.

Ta tendre Kathrin qui t'aime de tout son cœur.

Puisqu'il avait lu la lettre, Rudolf connaissait désormais la raison de cette farce. Mais il était loin de se douter que le pire restait à venir.

À présent, Rudolf était à quelques mètres à peine de l'endroit où ils se cachaient. Lütt aurait payé cher pour voir sa tête. Mais il ne pouvait se redresser sans risquer d'être vu.

— Allons-y ! chuchota Franck dès que Rudolf fut assez loin.

Ils trottèrent à pas de loup derrière lui jusqu'au moment où Rudolf s'arrêta net. Il venait de constater la disparition de sa mobylette. Il eut d'abord l'air surpris. Puis il pensa qu'il s'était trompé d'arbre.

Il fit quelques pas vers la droite puis marqua un nouvel arrêt. Lütt et ses camarades étaient très prudents, car Rudolf changeait sans cesse de direction, tout en inspectant les alentours, les yeux baissés. Il ne risquait pas de trouver en procédant ainsi. C'était en haut qu'il fallait chercher. Rudolf ne semblait pas soupçonner qu'il était suivi et observé par six paires d'yeux narquois.

Encore que… ? Il s'immobilisa une fois de plus et regarda avec méfiance dans leur direction.

— Dieter ? cria-t-il. Gert ?

Ainsi il s'imaginait que les grands frères de Lütt étaient derrière cette farce… Le petit Lütt était incapable d'avoir manigancé ça !

Les enfants avaient de plus en plus de mal à se retenir de rire. Enfin Rudolf aperçut sa mobylette. Il se précipita vers l'arbre et regarda désespérément vers le haut.

— Hé ! Vous pourriez au moins m'aider ! hurla-t-il.

Rudolf eut beau tendre l'oreille, personne ne répondit. Alors il brandit le poing avec fureur et entreprit l'escalade de l'arbre. Une fois sur la grosse branche, il saisit une des cordes et tira de toutes ses forces. Il fut bien forcé d'admettre qu'il n'y arriverait pas sans outils adéquats. La mobylette était hors de portée. Même s'il parvenait à arracher les clous, il ne pourrait pas l'empêcher de se fracasser au pied de l'arbre.

Il n'y avait donc rien à faire pour l'instant. Sauf redescendre. Une fois en bas il hurla de rage.

— J'ai juste voulu aider le nain !

Il tendit l'oreille encore une fois, s'imaginant toujours que Dieter et Gert l'épiaient de leur cachette.

— Bon, puisque c'est comme ça ! brailla-t-il. Je m'en souviendrai.

Il s'en souviendrait : les enfants y comptaient bien. Ils faillirent éclater de rire une fois de plus. Heureusement Rudolf finit par s'en aller après avoir jeté un dernier regard vers sa mobylette. Il comptait sans doute revenir avec des outils.

Dès que Rudolf fut assez loin, les six camarades sortirent de leur cachette, laissant enfin éclater leur joie. Ils trépignaient, battaient des mains en poussant des hourras de victoire. Ah, ils l'avaient bien eu ! Tout avait fonctionné comme sur des roulettes. Mais il manquait encore la touche finale, la cerise sur le gâteau. Franck remonta sur l'arbre à toute vitesse et à l'aide de ses grosses pinces il ôta tous les clous un à un. Puis ils firent descendre la mobylette avec prudence serrant les cordes de toutes leurs forces.

Enfin, l'engin se retrouva intact sur la

erre ferme. Ils dénouèrent les cordes et poussèrent la mobylette sur la route tout en soulevant la roue arrière. Le cadenas de sûreté leur posait un sérieux problème. Ils allaient devoir maintenir la roue en l'air pendant tout le trajet jusqu'au village. Tant pis ! Ils tenaient à exécuter le plan jusqu'au bout. Contraints de s'arrêter souvent pour reprendre leur souffle, ils profitèrent de ces haltes pour rire et se féliciter d'avoir si bien réussi leur coup.

Sans trop savoir comment, ils se retrouvèrent enfin devant la maison des Hartmann. Lütt s'apprêtait à sonner à la porte lorsqu'il aperçut Rudolf qui sortait du garage une échelle sur l'épaule et une caisse à outils à la main. Il s'apprêtait à franchir la barrière du jardin lorsqu'il aperçut sa mobylette. Il resta figé de stupeur.

Lütt en profita pour sortir de sa poche le billet qu'il avait préparé et le fixa au porte-bagages avant de s'en aller en sifflotant.

Ce qu'on obtient par un mensonge, on le perd tôt ou tard ! disait le message.

C'étaient les paroles mêmes que Rudol avait prononcées à la rivière pour le convain cre de parler à son frère. Et il avait bien faill la perdre, sa mobylette !

CHAPITRE X

LE BLANC DE POIREAU

L'histoire de la mobylette fit le tour de Lüt-jenholm aussi vite que celle de l'accident de Lütt. Il est vrai que Sibylle, Lydia, Johnny, Stéphane et Franck veillèrent à la propagation rapide de la nouvelle. Tout le monde en riait. Rudolf avait été bien attrapé ! Et les gens qui croisaient Lütt dans les rues du village lui donnaient l'accolade. Ah ! il s'était bien vengé ! Il devait être satisfait. En réalité Lütt ne l'était pas.

Après tout, qu'avait-il fait de si extraordinaire ? C'était Andreas qui lui avait suggéré de s'en prendre à ce que Rudolf avait de plus cher. C'était Johnny qui avait eu l'idée de suspendre la mobylette à un arbre et Franck qui était monté dans l'arbre et avait cloué les cordes.

Sibylle avait rédigé et écrit les lettres. Si elle n'avait pas imité aussi bien l'écriture de sa sœur, le plan aurait échoué. Lütt, lui, s'était contenté de regarder sa montre. Seule la touche finale — le petit billet — venait de lui. Y avait-il vraiment de quoi être fier ? Il soupira.

— Arrête de souffler comme un phoque, bougonna la grand-mère. C'est le plâtre qui te gêne ?

— Essaie d'être un peu plus gai. Tout ça va passer.

Bien entendu, sa jambe le démangeait sous le plâtre, et il avait une folle envie de se gratter. Mais sa morosité était due au fait que rien n'avait réellement changé pour lui. Après les vacances tout redeviendrait comme avant. Pour l'instant les autres avaient pitié de lui parce qu'il avait toujours son plâtre. Ses camarades avaient bien profité du tour qu'ils avaient joué au grand Rudolf. Mais à la prochaine rentrée, Lütt n'aurait plus de plâtre et l'histoire de la mobylette serait enterrée depuis longtemps. Et il redeviendrait Lütt le nain, comme avant.

Lütt n'était pas convaincu de s'être fait de vrais amis. Certes Sibylle et les autres l'avaient soutenu contre Rudolf, mais le prenaient-ils plus au sérieux pour autant ? En tout cas, ils n'avaient pas tenu compte de son avis lorsqu'il avait dit que c'était trop risqué de hisser la mobylette dans un arbre. Ce plan avait été leur plan à eux, pas le sien.

Un géant à l'intérieur. Facile à dire, mais c'était sacrément dur d'être grand à l'intérieur alors que, pour les autres, seuls comptaient les centimètres qu'on avait en plus ou en moins.

Durant les premiers jours de vacances, Lütt ne cessa de ruminer des idées noires. Toutefois, la pensée de Judy Johnson parvenait à le sortir de son humeur maussade. Il avait vu plusieurs affiches de ses propres yeux. Mais aujourd'hui il n'était plus très sûr de pouvoir l'admirer en chair et en os. La solution de Franck ne lui semblait plus aussi facile à réaliser : pour faire la courte échelle il fallait qu'une personne reste en bas. Et le dernier à faire la courte échelle n'aurait plus personne pour l'aider à grimper.

Ils avaient déjà réfléchi au problème

ensemble. Sibylle, toute brillante soit-elle, n'avait pas trouvé de solution. Ils ne pouvaient tout de même pas prendre une échelle. Et Franck, leur champion de saut en hauteur, n'atteindrait pas la petite fenêtre tout seul. Il fallait donc que l'un d'entre eux se sacrifie et se contente d'écouter le concert depuis les toilettes. Ils s'étaient mis d'accord pour tirer ce malheureux au sort juste avant le concert, devant la salle des sports. Lütt redoutait cette épreuve. Il ne gagnait jamais aux jeux de hasard.

Son frère Gert avait acheté son billet depuis longtemps. Il avait une place au deuxième rang, juste au milieu. Pourtant, quand Lütt lui avait dit qu'il avait vraiment de la chance, qu'il mourait d'envie d'y aller aussi, Gert l'avait regardé d'un air surpris. Comme s'il allait au concert parce qu'il n'avait rien d'autre à faire ce soir-là.

Une semaine avant le gala, Lütt se rendit à l'hôpital pour faire enlever son plâtre. Hélas au lieu de repartir soulagé, il fut confronté à de nouveaux soucis : sa jambe était pâle et maigre à faire peur. Comme un blanc de poireau. De plus, le médecin lui avait recommandé d'être très prudent, car sa jambe était encore fragile. Pendant quelque temps le sport lui était interdit, y compris le football, le saut, et l'escalade. Sinon il risquait une nouvelle fracture. Seules les promenades et la course à pied — sans forcer bien entendu — étaient autorisées.

Qu'allait-il faire le soir du concert puisqu'il ne pouvait ni grimper ni sauter ? Il avait le choix entre sa jambe et Judy Johnson. Non, jamais il ne renoncerait à Judy Johnson pour ce blanc de poireau.

Lütt exposa sa jambe aux rayons du soleil. Il attrapa des couleurs mais le soleil ne fit pas gonfler son mollet. Seule la course était efficace. Pendant la semaine qui précéda le concert, il fit donc, chaque jour, le tour du village en courant, dans l'espoir de se refaire un peu les muscles en vue du grand soir.

Tout en courant il se disait qu'il se donnait peut-être tout ce mal pour rien. À quoi bon puisque tout dépendait d'un tirage au sort et qu'il avait toujours la poisse ?

CHAPITRE XI

5 CONTRE 1 POUR LÜTT

Le grand soir arriva enfin. Gert enfila sa plus belle paire de jeans et passa même un nœud papillon autour de son col amidonné.

Assis sur son lit, Lütt assistait aux préparatifs de son grand frère. Comme il craignait de passer la soirée dans les toilettes de la salle des sports, il demanda à Gert de lui ramener un autographe de Judy Johnson.

— Tu te paies ma tête ou quoi ? s'écria Gert en se tapant le front.

Lütt regarda son frère d'un air désemparé. Il se hâta de quitter la pièce pour cacher ses larmes. Gert ne voulait jamais rien faire pour lui ! Il savait bien que Judy Johnson était son idole.

Le week-end, la famille dédaignait la

cuisine pour se tenir dans le salon. L'apparition de Gert dans la pièce fut accueillie par des sifflements admiratifs.

— Tu es d'un chic, mon vieux ! ricana Dieter. Surtout la coiffure : le pot de gel entier y est passé. Et tout ça pour les beaux yeux de Kathrin !

Tout Lütjenholm était déjà au courant que la grande sœur de Sibylle sortait depuis peu avec Gert. Curieusement ce dernier semblait embarrassé d'avoir une petite amie.

— Occupe-toi de tes coqs ! lança-t-il en fusillant son frère du regard.

Gert partit en claquant la porte derrière lui. Cette sortie déclencha l'hilarité générale, puis chacun se replongea dans la lecture de ses magazines favoris. La grand-mère ronchonnait dans son coin :

— Tout le monde sort pour s'amuser, et moi je passe mon temps assise devant la télé, grommela-t-elle.

Mais tout le monde ne sortait pas. Presque tous les samedis soir, l'aîné des frères Lütjen se retirait de bonne heure dans sa chambre. Non pas pour dormir, mais pour dévorer des romans policiers ou étudier des ouvrages consacrés à l'élevage des coqs.

Lütt était bien résolu à ne pas rester chez lui. Pas tant que Judy Johnson serait à Lütjenholm. Tant pis s'il n'entrait pas dans la salle ! Il l'entendrait chanter depuis les toilettes. Ça serait tout de même mieux qu'un concert à la télé. Il ne lui restait qu'à trouver le bon moment pour s'éclipser.

L'occasion se présenta lorsque Hans Asmussen vint frapper à la porte. Sa Cléopâtre était sur le point de vêler. Il demanda la permission d'utiliser le téléphone pour appeler le vétérinaire.

Le père Hans passait tellement de temps au café qu'il n'avait pas de quoi s'acheter un téléphone ! C'est ce que disait la grand-mère. En tout cas, il venait toujours téléphoner chez eux.

Les parents de Lütt échangèrent un regard inquiet. C'était la troisième fois que Cléopâtre mettait bas et les deux premières avaient été difficiles. Pourvu qu'elle fasse moins d'histoires cette fois !

Lütt fit mine d'être ennuyé et monta dans sa chambre. Il enfila en vitesse son plus beau pantalon et une chemise neuve, se peigna avec soin devant le miroir et redescendit dans la cuisine.

Hans Asmussen était toujours au téléphone, dans le salon. Et la grand-mère continuait à ronchonner tout bas qu'« il était pas gêné, le père Hans. Quand on a trente-sept vaches, c'était une honte de profiter de pauvres gens comme eux. Avec les tarifs du téléphone qui ont encore augmenté. Il n'avait qu'à s'acheter un téléphone... ».

Lütt ouvrit la fenêtre de la cuisine et sauta dans le jardin sans être vu.

Johnny, Lydia et Franck étaient déjà au rendez-vous. Lütt n'avait pas encore repris son souffle quand Stéphane et Sibylle les rejoignirent. Tous arboraient un visage grave. Ils s'apprêtaient ce soir à faire quelque chose d'interdit. Ils risquaient gros s'ils se faisaient attraper. Ils échangèrent des poignées de main et des accolades comme pour se donner du courage avant l'épreuve.

Pendant ce temps, les gens affluaient par dizaines dans la salle. Lütt espérait que son frère était déjà à l'intérieur, mais il devait être prudent. Gert était peut-être allé faire une petite promenade avec Kathrin avant le concert. Les amoureux passent un temps fou à se promener.

— Il faut attendre que le concert soit commencé, chuchota Franck. Sinon on va se faire repérer.

— Tu as raison, dit Sibylle. Dès que Judy Johnson apparaîtra en scène, plus personne ne pensera à observer la fenêtre des toilettes.

— Tu crois qu'elle chantera *My Little House* ? demanda Lütt un peu nerveux.

— Bien sûr, répondit Sibylle.

— Et *The Yellow Taxi-Driver* ?

— Sans doute. À mon avis elle chantera tous ses tubes.

Lütt hocha la tête. Enfin il se hasarda à poser la question qui le taraudait :

— Quand est-ce qu'on tire au sort ?

— C'est vrai, ça me rend malade d'attendre, avoua Johnny.

Sibylle et Lydia échangèrent un regard lourd. Lydia sortit six petits papiers pliés de la poche de son pantalon.

— Il y a cinq papiers blancs : ce sont les gagnants, et un seul billet avec le mot *Perdant*.

Tous les billets étaient pliés de la même façon. Après les avoir mélangés, ils les déposèrent dans le mouchoir de Lydia. Stéphane fit aussitôt un pas en arrière. Il voulait laisser choisir les autres avant lui. Il avait vu un grand joueur agir de cette façon dans un film célèbre et ça lui avait réussi.

— Qui veut se lancer ? demanda Lydia en se tournant vers Lütt.

Pris de panique, Lütt fit lui aussi un pas en arrière. Franck s'arma de courage et saisit un billet qu'il déplia avec lenteur. Le bout de papier était parfaitement blanc. Le visage de Franck s'illumina.

— Je l'aurais parié, j'ai toujours de la veine.

Lütt soupira. Il ne lui restait plus que quatre chances. Il décida de tirer son billet sur-le-champ. Mais il n'en eut pas le temps car la main de Sibylle venait de plonger dans le mouchoir. Elle tira un billet blanc elle aussi.

Lütt se rapprocha mais Johnny et Lydia furent plus rapides. Ils tirèrent leurs billets presque en même temps et poussèrent un « Ouf ! » de soulagement. Le bonheur se lisait déjà sur quatre visages. Il ne restait plus à Lütt qu'une chance sur deux.

— À toi l'honneur ! fit Stéphane.

Lütt avait les yeux rivés sur les deux billets restants. Son cœur se serra. Il était sûr de perdre. Il lui faudrait vraiment beaucoup de chance pour ne pas tirer le billet perdant. Et de la chance, il n'en avait jamais eu ! S'armant de courage, il saisit l'un des deux billets. Il le déplia en tremblant. Un mot était écrit en toutes lettres.

— Quel dommage ! dit Sibylle, maintenant que tu es débarrassé de ton plâtre ! Mais le sort en a décidé ainsi. Nous étions tous d'accord.

Les autres aussi étaient tristes pour lui. Mais il fallait bien que quelqu'un reste dans les toilettes. Personne ne pouvait rien y faire.

Johnny n'avait rien dit encore, il semblait réfléchir. Soudain, il se tourna vers Lütt :

— Tu veux échanger ton billet avec moi ? Moi, je ne la trouve pas si extraordinaire, Judy Johnson. Toi, c'est pas pareil. Tu as déjà son dernier album et son poster...

Mais Lütt ne pouvait accepter le sacrifice de son meilleur ami. Johnny avait juste plus de pitié pour lui que les autres. Ah non ! Pas question ! Puisque Johnny avait tiré un billet gagnant, il devait aller voir Judy Johnson. Lui, il écouterait le concert assis sur le couvercle du W.-C. Il ne céderait à aucun prix. Il était peut-être petit de taille, mais à l'intérieur il était le plus grand... Même si c'était bien plus dur d'être grand à l'intérieur que d'être grand extérieurement... Surtout que la plupart du temps ça ne se remarquait pas !

CHAPITRE XII

UN JOUR DE CHANCE

Au bout d'un moment tous les spectateurs munis de billets étaient entrés. La voie était libre.

Il n'y avait pas de toilettes séparées hommes-femmes, mais un seul W.-C. accesible par une porte unique. Une fois à l'intérieur, il n'y avait qu'un bouton à tourner et on était tranquille.

Dès qu'ils eurent refermé la porte derière eux, les six amis levèrent les yeux vers la petite fenêtre. Elle était fermée. Mais on percevait nettement le brouhaha qui montait de la salle.

Franck se posta sous la fenêtre et croisa les mains pour faire la courte échelle. Prenant appui sur un pied, Johnny se hissa sur

les épaules de son ami. Franck ployait sou
l'effort. Alors Johnny se hâta d'ouvrir la
fenêtre en s'efforçant de faire le moins de
bruit possible.

La foule leur sembla soudain toute pro
che. Johnny s'apprêtait à regarder à l'inté
rieur lorsque les lumières s'éteignirent.

— Qu'est-ce que tu attends ? chuchota
Stéphane crispé. On étouffe ici.

Johnny passa l'épaule droite par la fenê
tre puis la tête. Mais la fenêtre était trop
étroite pour y passer l'autre épaule. Il essaya
encore en commençant par la gauche, puis
en passant la tête en premier.

— Je n'y arriverai jamais, chuchota
t-il aux autres. C'est juste une petite lucarne
pas une fenêtre.

— C'est parce que tu manges trop de
sucreries ! siffla Sibylle furieuse. Laisse-moi
essayer.

Johnny redescendit avec précaution et
Sibylle grimpa, toujours avec l'aide de Franck.
Elle parvint elle aussi à passer la tête et une
épaule mais pas le reste.

La déception était immense. Ils n'allaient

tout de même pas passer la soirée à six dans les toilettes !

— Lütt a peut-être une chance de passer ! hasarda Lydia.

Toutes les têtes se tournèrent vers Lütt. Son visage s'empourpra. Non, il avait tiré le mauvais billet. Les autres seraient furieux s'il était le seul à rentrer.

De la salle montait la mélodie familière qui annonçait *My Little House*.

— Alors, tu te décides ? dit Johnny en tapant du pied.

Sans attendre de réponse, il s'accroupit au pied de la petite fenêtre et croisa les mains.

Lütt oublia aussitôt les recommandations du médecin. En un temps trois mouvements il se retrouva debout sur l'épaule de Johnny. Il eut bien du mal à se hisser sur le rebord de la lucarne à cause de sa petite taille. Mais pour franchir la fenêtre, son petit gabarit lui servit ; il parvint à passer la tête et les deux épaules sans aucun mal. Dès qu'il fut perché à la fenêtre, il oublia ses amis.

Son regard s'arrêta un instant sur les spectateurs. Serrés les uns contre les autres sur les bancs, ils fixaient le cercle de lumière projeté sur le rideau. Tout naturellement, l'attention de Lütt se porta sur la scène et il eut juste le temps de voir Judy Johnson faire son entrée. C'était bien elle en chair et en os, vêtue de sa longue robe noire qui mettait en valeur sa crinière rousse. Elle entonna la chanson de la petite maison au bord de l'océan dans un tonnerre d'applaudissements. Les cinq musiciens qui l'accompagnaient portaient un pantalon rouge et une veste noire. Leurs visages exprimaient la même nostalgie que celui de Judy.

Lütt chercha son frère dans le public et ne tarda pas à reconnaître sa silhouette familière au deuxième rang. Kathrin était assise à côté de lui.

Soudain il entendit la voix impatiente de Franck :

— Qu'est-ce que tu fabriques ? Pourquoi ne sautes-tu pas ? Nous voudrions voir nous aussi.

Lütt n'aurait pas besoin de sauter : les cordes d'entraînement du gymnase pendaient juste à côté de la fenêtre. Pour une fois, la chance lui souriait. Il lui suffirait de s'agripper à l'une d'entre elles et de se laisser glisser jusqu'en bas. Mais pour éviter de se faire repérer, il attendrait les prochains applaudissements. Ignorant les récriminations de Franck et des autres, Lütt ne broncha pas jusqu'aux dernières mesures de *My Little House*.

Judy Johnson saluait. Au milieu des ovations, Lütt fut surpris d'entendre des rires. Après une chanson aussi triste, c'était bizarre. Mais ce n'était pas le moment de s'attarder à ces détails. Il attrapa la corde la plus proche, s'y agrippa des deux mains et se laissa glisser. Le public acclamait toujours l'artiste, et Lütt eut tout le temps de courir s'asseoir à la place qu'il avait repérée au troisième rang. À peine assis, il se mit à claquer des mains comme les autres.

— Tiens, Lütt ! D'où viens-tu, mon petit bonhomme ? fit soudain une grosse voix.

Lütt releva la tête et s'aperçut avec horreur qu'il venait de s'asseoir à côté de Reimer Oldemus, le bourgmestre.

— Euh, je... je suis arrivé un peu en retard, répondit Lütt.

Pour se donner de la contenance il battit des mains encore plus fort. Pourvu que le bourgmestre croie à son explication ! Si le vieux Oldemus se doutait de quelque chose, il le ferait jeter dehors devant tout le monde.

Cette perspective le fit frémir. Heureusement son voisin ne posa pas d'autre question ; les musiciens venaient d'attaquer une nouvelle mélodie et Judy Johnson se balançait déjà sur un rythme envoûtant.

Lütt jeta un coup d'œil en direction de la lucarne et distingua la tête de Johnny. Son ami l'avait repéré et lui fit signe. Lütt tourna alors vivement la tête. Si M. Oldemus remarquait leur manège, il comprendrait aussitôt d'où il venait.

Judy Johnson dansait d'une façon géniale. Et ça n'avait pas l'air de la fatiguer de chanter en même temps. Sa voix était cent fois plus belle qu'à la télé.

Le bourgmestre avait l'air conquis par le spectacle. Lütt l'entendit même fredonner la mélodie du *Yellow Taxi-Driver*.

Lütt regarda son frère un instant. Un sourire de satisfaction naquit alors sur ses lèvres : Gert et Kathrin se tenaient la main. Tant mieux ! Il avait de quoi le faire chanter. Si jamais Gert le voyait, il pourrait toujours le menacer de raconter à ses parents ce qu'il faisait avec Kathrin. Et même il n'hésiterait pas à enjoliver son récit.

Un coup d'œil vers la fenêtre lui apprit que Johnny avait cédé la place à Sibylle. Ils devaient se relayer pour faire la courte échelle et pour regarder. Pourvu qu'ils n'oublient pas d'évacuer les toilettes à l'entracte !

Mais ils avaient encore du temps devant eux. Judy Johnson chanta et dansa pendant

près d'une heure. Le public déchaîné applaudissait et riait aux éclats. C'était bizarre tout de même que les spectateurs rient autant. Ils riaient même pendant les chants, surtout quand Judy se déhanchait ou quand elle tendait les bras dans leur direction comme pour les embrasser. Et chaque fois qu'elle passait la main dans ses cheveux d'un geste langoureux, le public éclatait de rire sans retenue.

Lütt était de plus en plus troublé. Ils exagéraient tout de même ! Comment osaient-ils rire d'une si grande star ?

Après un chant qui sembla amuser le public plus encore que les autres, un des musiciens annonça une pause. On ralluma les lumières. Lütt jeta encore un coup d'œil au fond de la salle et eut le temps de voir s'éclipser la tête de Lydia. Il était grand temps qu'ils s'en aillent. De son côté il devait éviter d'être repéré par son frère. Il préférait ne recourir au chantage qu'en dernière extrémité.

Beaucoup de gens se levaient, et Reimer Oldemus aussi. Il regarda Lütt par-dessus son imposante bedaine et lui dit sur un ton bienveillant :

— Tu as de la chance que ma femme

ne soit pas venue au concert. Tu n'aurais pas eu une si belle place sinon.

Ainsi il occupait la place de Mme Oldemus ! Lütt était blême.

— Oui, c'est vrai, balbutia-t-il. J'ai vu que la place était libre, alors... euh... alors je me suis rapproché.

— C'est bien ce que je pensais ! dit le bourgmestre sans se départir de son sourire. Le malheur des uns fait le bonheur des autres !

Il tapota le crâne de Lütt comme on câline un bébé puis se dirigea vers la buvette.

Lütt aurait bien voulu boire quelque chose lui aussi. Mais le prix des consommations les soirs de concert était trop élevé. Et puis il ne devait pas se faire remarquer. Il s'éloigna donc de la foule et resta sagement dans un coin de la salle. Tout en surveillant les allées et venues de son frère, il songea que, pour une fois, il avait eu de la chance. Il était le seul de la bande à assister au concert dans son intégralité et à voir Judy Johnson de près. Il n'avait même pas eu besoin de sauter. En plus il était à la place même qu'aurait dû occuper Mme Oldemus, une personnalité importante, à qui il arrivait d'écrire pour la gazette régionale.

Une immense fierté le submergea. Peut-être qu'un jour il écrirait pour des journaux lui aussi. En tout cas il ne manquerait pas d'écrire à Andreas dès le lendemain. Cette soirée exceptionnelle méritait un compte rendu détaillé. Il avait déjà un titre en tête : *Une soirée inoubliable avec Judy Johnson.* Il ferait une description détaillée des vêtements qu'elle portait, de sa voix, de sa façon de danser ainsi qu'une liste complète des chansons interprétées. Et Lütt n'oublierait pas de parler du public. Toutefois, il regrettait les gloussements et les rires des gens pendant le spectacle.

La pause se termina enfin et Judy Johnson revint sur scène, vêtue cette fois d'une robe blanche comme neige. Quant aux musiciens, ils avaient troqué leur veste noire contre une veste assortie à la robe de la chanteuse. Ces détails n'échappèrent pas à Lütt qui trouva la seconde partie encore plus fantastique que la première.

Lütt avait les yeux rivés sur son idole. Cette image resterait à jamais gravée dans sa mémoire. Chaque fois qu'il écouterait ses cassettes à la maison, il l'imaginerait désormais telle qu'elle était ce soir.

Pour le final, Judy Johnson interpréta une chanson particulièrement mélancolique. Lütt n'avait pas besoin de parler anglais pour comprendre que c'était triste. Elle chantait de plus en plus bas tout en se penchant en avant. À présent, ses cheveux frôlaient les planches de la scène. On entendait à peine la musique et un silence de mort s'était fait dans le public. Tout à coup un roulement de batterie fit bondir tous les spectateurs. Le cœur de Lütt sauta dans sa poitrine. Judy Johnson avait relevé la tête d'un coup sec et arraché sa crinière rousse. Le public poussait des cris d'allégresse. Les rires fusaient de partout. Le bourgmestre lui-même battait des mains et des pieds. Seul Lütt, anéanti par la stupeur, ne participait pas à l'enthousiasme général. Que signifiait cette perruque ? Lütt regardait les cheveux noirs aplatis et peignés en arrière sans comprendre. Il ne reconnaissait plus du tout son idole.

Mais que se passait-il encore ? Judy Johnson venait de glisser la main dans son décolleté. Elle en sortit une pomme et mordit dans le fruit. La foule hurla et trépigna de plus belle. Judy Johnson sourit, glissa encore la main dans sa robe et en sortit une autre pomme qu'elle lança cette fois dans le public. C'est Rudolf Hartmann qui l'attrapa. Il se leva et, affichant son sourire le plus insolent, mordit dans la pomme.

À ce moment-là, Lütt s'aperçut que Judy Johnson n'avait plus de poitrine.

C'était donc cela ! Judy Johnson était en réalité un homme. Peut-être qu'il en avait toujours été ainsi. Et lui, Lütt Lütjen, était le seul au monde à l'ignorer. Il ne parvenait pas à surmonter son trouble. Il aurait voulu s'enfuir le plus loin possible, échapper à cette foule bruyante et ne jamais revoir Judy Johnson de sa vie.

Le public recommençait à frapper dans les mains en hurlant : « *Bis ! Bis !* »

Alors l'homme remit la perruque rousse et entonna le chant de la petite maison au bord de l'océan. Mais Lütt n'avait plus envie d'écouter. Ce soir il arracherait le poster du mur, le déchirerait en mille morceaux, et il jetterait la cassette dans la rivière. Elle était juste bonne à distraire les poissons.

CHAPITRE XIII

TOUT S'ARRANGE

Le concert se termina par un dernier *bis*. Les gens affluaient vers la sortie. Au lieu de fuir, Lütt s'attardait, perdu dans ses pensées.

Il s'était fait une telle joie à l'idée de voir Judy Johnson qu'il avait été terriblement déçu de tirer le billet perdant. Puis la chance lui avait souri : il était entré dans la salle malgré tout. Quel bonheur de se retrouver si près de son idole ! Le seul de la bande en plus ! Son amertume était d'autant plus vive à présent : c'était pire qu'après sa chute de l'échelle.

Tout s'expliquait désormais. Dans la salle, chacun savait qu'un homme se cachait sous l'apparence d'une femme. C'est pour cela que le public riait. Lui seul n'avait rien compris. Il n'était pourtant pas plus bête que les autres.

Dès qu'il fut dehors, ses camarades se précipitèrent à sa rencontre. Ils se mirent à parler tous à la fois. Lütt avait du mal à saisir ce qu'ils disaient dans ce brouhaha. En tout cas ils n'avaient l'air ni déçus ni perturbés, au contraire. Leur enthousiasme rendit Lütt encore plus malheureux.

— C'est dingue, le temps qu'il m'a fallu pour comprendre que ce n'était pas Judy Johnson ! s'exclama Franck en riant.

— Aucun d'entre nous n'a été capable de lire l'affiche correctement, fit remarquer Sibylle. Pourtant le message était clair.

Ils riaient de leur bêtise. Lütt n'y comprenait plus rien. Alors Judy Johnson n'était pas un homme, et le type sur scène s'était déguisé pour imiter leur idole... C'était un imitateur ! Lütt était de plus en plus perplexe.

Lydia finit par le conduire devant l'affiche placardée sur le mur du gymnase. Par chance les réverbères étaient encore allumés.

Rendez-vous à la salle des Sports
de Lütjenholm
Pour assister à l'unique représentation de
JUDY JOHNSON SUPERSTAR
interprétée par Gerard Kiefer de Hambourg

C'était la même affiche que celle du café et du supermarché. Pourquoi le nom de l'imitateur lui avait-il échappé ? Les gros caractères étaient trompeurs. D'ailleurs ses amis aussi s'étaient fait piéger.

Mais ils n'étaient pas déçus, eux. Lütt les écouta parler un moment pour essayer de mieux comprendre. Ses camarades semblaient très impressionnés par la prestation de Gerard Kiefer. Pour eux, un homme déguisé en femme c'était bien plus sensationnel que la vraie Judy Johnson.

Peu à peu les regards de ses amis se posèrent sur lui. Ils ne cessaient de l'observer avec intérêt comme s'il était la deuxième attraction de la soirée. Lütt se demanda même s'il n'avait pas pris quelques centimètres pendant le concert.

Non, ce n'était pas ça. En fait, les autres devaient l'envier parce qu'il avait vu ce phé-

nomène de près. Et c'était grâce à sa petite taille qu'il était rentré dans le gymnase.

C'était insensé ! Pour la première fois de sa vie, son petit gabarit lui avait donné un avantage sur les autres. Enfin le visage de Lütt s'éclaira d'un large sourire. Johnny annonça un autre concert au gymnase le mois

uivant, avec Lucky Zimmerman de Stutt-
gart. Mais cette fois ce serait le vrai Lucky.

Tous les regards se tournèrent de nouveau vers Lütt. Lui seul pourrait assister au
show de Lucky Zimmerman ainsi qu'à tous
les spectacles à venir. Il suffirait que quelqu'un lui fasse la courte échelle et comme il
était sûr de pouvoir compter sur Johnny,
l ne raterait plus aucun spectacle.

L'envie qu'il lisait dans les yeux de ses
amis lui fit chaud au cœur. Ainsi Andreas
avait eu raison. *Il sortait du lot*. Il était le
seul habitant de Lütjenholm à pouvoir assister gratuitement aux concerts. Et cela il le
devait à sa petite taille !

Il promit aux autres de leur raconter le
spectacle dès le lendemain matin, puis il se
hâta de rentrer chez lui. La nuit était tom-
bée depuis une bonne heure. Ses parents
devaient s'inquiéter.

Il lui vint soudain à l'esprit qu'il n'avait
plus besoin d'arracher le poster. En fait ce
n'était pas la vraie Judy Johnson qui l'avait
déçu. Ce n'était pas sa faute si un certain
Gerard Kiefer de Hambourg l'imitait si bien.
Lütt n'avait donc plus aucune raison d'en

vouloir à son idole. Son bonheur redoubla.

En s'approchant de chez lui, Lütt s'aperçut qu'il y avait encore de la lumière dans l'étable de Hans Asmussen. Il se glissa dans l'entrebâillement de la porte et jeta un coup d'œil à l'intérieur. La pauvre Cléopâtre n'avait pas encore mis bas. Et Hans n'était pas seul avec le vétérinaire pour l'aider : ses parents, Dieter et sa grand-mère encourageaient la brave bête. En fin de compte son absence était peut-être passée inaperçue grâce à Cléopâtre. Il se rappela en souriant les paroles du bourgmestre : *Le malheur des uns fait le bonheur des autres.*

Lütt sauta par-dessus la barrière, se glissa dans la cuisine par la fenêtre encore ouverte et fut accueilli par Suzie à coups de langue. Elle lui lécha consciencieusement le visage. Avec peine, Lütt se sépara de la chienne, puis monta dans sa chambre.

En ouvrant la porte, il ne put réprimer un cri d'effroi : Gert se tenait debout au milieu de la pièce, les bras croisés. Zut, il l'avait oublié celui-là !

— Où étais-tu encore passé ? dit son frère en fronçant les sourcils.

138

Lütt s'apprêtait à dire qu'il avait passé la soirée près de Cléopâtre avec les autres. Mais il se ravisa. Son frère était peut-être entré dans l'étable, lui aussi. Un mensonge flagrant risquait d'aggraver sa situation.

— J'étais au concert de Judy Johnson, avoua-t-il simplement.

En disant cela il ne put s'empêcher de sourire. Il comprenait enfin la réaction de Gert lorsqu'il lui avait demandé de rapporter un autographe.

Un instant, le visage de Gert resta impénétrable puis ses traits se détendirent. Il sourit lui aussi. Cet imitateur, quel talent !

Les deux frères se remémorèrent les meilleurs moments de la soirée. Puis Gert voulut savoir comment Lütt avait fait pour entrer sans billet. Cette fois encore Lütt préféra dire la vérité, bien qu'il s'attendît à des remontrances. Si son frère s'avisait de lui faire des reproches, il n'hésiterait pas à recourir au chantage. Il prétendrait qu'il l'avait surpris en train d'embrasser Kathrin sur la bouche. Ça ne serait certainement pas un mensonge bien grave. Les deux tourtereaux s'étaient sûrement déjà embrassés.

Mais Gert ne le gronda pas. Il se contenta de regarder son petit frère d'un air intrigué. Évidemment, il avait de quoi être étonné le grand Gert ! Il n'aurait jamais pensé que le plus petit des frères Lütjen puisse être aussi futé.

D'ailleurs Lütt lui-même n'en revenait pas. Avant de s'endormir il passa en revue le déroulement de cette soirée exceptionnelle. Il en conclut que ça serait chouette de rester petit toute sa vie. Le prix des spectacles ne cesserait d'augmenter, comme les communications téléphoniques. Et il ne fallait pas compter sur la fenêtre des toilettes pour grandir !

TABLE DES MATIÈRES

Photocomposition :
TÉLÉ-COMPO - 61290 BIZOU

Achevé d'imprimer
par Maury-Eurolivres S.A.
45300 Manchecourt

Dépôt légal : Avril 1996

POCKET - 12, avenue d'Italie - 75627 PARIS Cedex 13